いつかじゃない明日のために

高岡ミズミ

幻冬舎ルチル文庫

CONTENTS ✦目次✦

いつかじゃない明日のために

いつかじゃない明日のために……5
明日のために手を繋ごう……155
手を繋いでともに歩こう……261
あとがき……294
恋の痛手……296

✦カバーデザイン＝久保宏夏（omochi design）
✦ブックデザイン＝まるか工房

イラスト・円陣闇丸✦

いつかじゃない明日のために

——どこ行くの？

——すぐに帰ってくる？

シャツの裾《すそ》を握り締めた手をそっと外させて、青年が笑みを浮かべた。

——うちへ帰りな。

優しい、けれど、有無を言わさない強い言葉だ。

子どもは仕方なく家路《いえじ》につく。風を孕《はら》んだ藍《あお》いシャツの背中が小さくなっていくのを、何度も何度も振り返りながら。

重い瞼《まぶた》をなんとか持ち上げ目を開けると、いつもの天井《てんじょう》が真っ先に視界に入ってくる。ため息をついて、羽田直哉《はねだなおや》は上半身を布団《ふとん》から起こした。

また、あの夢だ。

ここ最近は頻繁《ひんぱん》に同じ夢を見ている。瞳《ひとみ》に映った藍が、どんどん大きくなってやがて視界いっぱいに広がったところで目が覚めるのだ。

「あー、もうこんな時間」

時計を確認して飛び起き、急いで服を着替えた。ちょっとだけ仮眠しようと思っていたのに、どうやら寝込んでしまったようだ。

とりあえず顔だけ洗ってジャンパーを羽織《はお》り、家を出てすぐ自転車に飛び乗った。

「うわ、寒っ」

吐《は》き出す息さえ凍りそうな一月の冷たい夜風を切って、懸命にペダルをこぐ。飛ばせば、なんとか十分で着くかもしれない。

いつもは守る一時停止のラインも今夜は無視して、車のヘッドライトが途切れる合間を見計らって道路を横切った。

背後でクラクションの音が響く。

「悪い。遅れそうなんだ」

誰にするともなしに言い訳をして先を急いだ。

「十時ジャスト！」

駐車場《ちゅうしゃじょう》の隅に自転車を停め、裏口から中へ駆け込む。滑り込みセーフと言いたいところだが、そううまくはいかない。

「すみません。遅くなりました！」

バックヤードに入るや否や、

「羽田さん、遅い」

交替を待ち構えていた望月《もちづき》の不服そうな顔が真っ先に目に入った。

「瀬戸《せと》さんなんて三十分前に入ってくれたんですよ」

「ちょっと出がけにばたばたしてて」

制服に袖《そで》を通しながら謝罪する。それでも望月の機嫌は直らない。望月は髪の色こそいまどきの女子高生ふうだが、スタッフや客の評判はいい。明るくてはきはきしているし、なにより可愛《かわい》かった。

「寝てたんでしょ」

「あ、いや……」

「寝癖《ねぐせ》、ついてますよ」

「え」

指を差されて、咄嗟《とっさ》に手を後頭部にやる。

「ほら、やっぱり寝てたんじゃないですか」

呆《あき》れの滲《にじ》んだ上目《うわめ》が流され、直哉は肩を縮めた。

「ごめん……」

失敗した。それでなくても望月の風当たりは強くなる一方だというのに、いつもこうだ。

「瀬戸も、ごめん」

弁当の並べ替えをしている瀬戸にも謝って、急いでレジの中に入った。

「大丈夫だって。一応十時ちょうどだし」

瀬戸が人懐《ひとなつ》っこい笑みを見せる。

「瀬戸さん、羽田さんに甘すぎ」

望月はそれにも不満げな顔をした。

「え、そんなことないだろ。俺は皆に優しいよ？」

「……まあ、それはそうなんだけど」

どうやら望月は瀬戸に気があるらしい。つい最近も映画に誘っている場面を目撃した。その際、瀬戸が直哉の名前を出して先約があるからと断って以来、望月の言葉に棘《とげ》が混じるようになった。

約束なんてしていなかったが、仕事場で気まずくなりたくないという瀬戸の気持ちはわかるので直哉も訂正せず、笑ってはぐらかしたのがまずかったのかもしれない。

もっとも瀬戸がもてるのはいまさらだった。瀬戸はコンビニの店員にはもったいないほど恵まれた容姿をしている。背が高く、目鼻立ちがはっきりしていて、過去にはモデルにスカウトされたこともあると聞く。

歳《とし》が同じで、似たようなパーカにジーンズを身につけていても直哉とはまるでちがう。もし直哉が女だったとしても、自分より瀬戸を選ぶだろう。

いいのは外見ばかりではない。さっぱりした性格なうえ、裕福な家庭らしいのに遊ぶ金は自分で稼《かせ》ぐ、堅実な大学生だ。

それに比べて、自分ときたら——。

ひどいとまでは思わないが、格好いいとも言えない。背も百七十センチとごく平均的だし、取り立てて自慢するようななにかがあるわけでもない。

強《し》いて特徴をあげれば母親譲りの切れ長の目くらいだが、たまに「涼しげな目許《めもと》」なんて褒《ほ》められても、それしかないよなと気恥ずかしくなるばかりだった。

コンビニのアルバイトは、高校のときからかれこれもう四年になる。特にやりたいこともなかったので、卒業後も続けてきた。二十歳《はたち》の男にしては野心も野望もまったくと言っていいほどなくて、陰で女性スタッフに物足《ものた》りないとか人畜無害とか評されているのも知っている。

事実だからしようがない。最低限の生活費を稼げれば十分と考えている時点で彼女たちのお眼鏡《めがね》に適《かな》うはずがなかった。

「そういえば、この前変な客が来て困っちゃって」

来るのが遅いと直哉を責めた望月は、すぐには帰ろうとはせず瀬戸に話しかけ始めた。

「もう気持ち悪くって」

こういう態度を見ていると、申し訳なさが薄れていく。ぎりぎりになった自分も悪かったが、残ってお喋《しゃべ》りをするほうもするほうだと。

もちろん口にも態度にも出さない。これ以上嫌われてぎくしゃくするのはごめんだ。

「それは危ないな。紗代《さよ》ちゃん可愛いから」

瀬戸がにこやかな笑顔で応じる。

「えー、やだ、そんなことないよ。てゆーか、私より羽田さんのほうが危なそう」

てっきり喜ぶとばかり思っていた望月が、ちらりと直哉に横目を流してきた。

「え、俺?」

ふたりの話に入るつもりはなかったのに、いきなり名前を出されて思わず望月を見返す。

冗談ではないようで、望月は真顔で軽く頷《うなず》いた。

「だって、見るからにお人好《ひとよ》しな感じで、つけ込まれやすそうじゃないですか。羽田さんみたいなひとが一番危ないんですよ」

あんまりな台詞《せりふ》だとは思うが、なにも答えられない。もっともここで言い返せるような性格だったら、初めからこんなふうには言われたりしないだろう。

「羽田は優しいからなあ」

瀬戸がさりげなく擁護《ようご》してくれる。

「それよりもうこんな時間だ。紗代ちゃん、早く帰ったほうがいい。気をつけてな」

さらには望月に帰宅するよう勧め、そのおかげで苦手な人間から解放された直哉はほっとし、肩の力を抜いた。

「気にしない、気にしない」

望月がいなくなると、瀬戸はレジに入って直哉の隣に立ち、背中を軽く叩《たた》いてきた。

「最近の女の子ははっきりしてるから、いちいち真に受けてたら身が持たない。羽田は優しいから、言いやすいんだよ」

もてるはずだと感心する。男の直哉のフォローまでちゃんとしてくれるのだから、本当にいい奴《やつ》だ。

「あ、うん……気にしてない」

「だといいけど」

自分との差を突《つ》きつけられて、こっそりため息をつく。べつにもてたいわけではなくても、こうも格好いい男がすぐ傍《そば》にいてはコンプレックスを刺激されてしまう。

「なあ、羽田」

瀬戸がなにか言いたげに口を開いた。

「あ、いらっしゃいませ」

だが、ちょうどそのタイミングで客が入ってきたので、話を打ち切り、仕事モードに入って背筋を伸ばす。客は雑誌と弁当を買い物かごに入れ、レジカウンターの上に置いた。

「お弁当は温めますか？」

瀬戸の問いに、客が頷く。

「少々お待ちください——九百七十二円になります」

代金を受け取る間にも自動ドアが開き、ふたり連れの客が入ってくる。

「いらっしゃいませ」

間を置かずその後ろからも、もうひとり。

客の出入りとともに冷たい外気が入り込んでくる。暖かい場所にいる自分を、そのたびに意識する。

夜のコンビニに一抹《いちまつ》の切なさを感じるのは、みなが無口なせいかもしれない。誘蛾灯《ゆうがとう》に誘われる虫みたいに、深夜営業しているコンビニの明るさに引き寄せられて集まってくる——そんなイメージを連想してしまう。寂しさをまぎらわせにきているのだろうか、と。

時給がいいから深夜のバイトをしている直哉だが、もしかしたら自分こそ唯一《ゆいいつ》の明かりを求めているのだろうかと思うときもあった。

「二十八円のお釣《つ》りになります」

電子レンジから出した弁当を袋に入れていた直哉の視界の隅を、ふと藍が通り過ぎる。反射的に顔を上げて視線で追いかけると、奥のドリンクコーナーへと進んでいく藍いジャンパーの背中が見えた。

藍いシャツ。

風を孕んで揺れ、やがて消えていった背中。

瞼の裏に焼きついた光景が、目の前で再現される。

「ちょっと、お釣り足りねえよ」

「あ」

客の苦情に我に返る。

「あ、えっと……すみません。二十八円でした。どうも、すみません」

なにをやっているのだ。藍いジャンパーなんてどこにでもある。

「どうした？　羽田」

瀬戸に心配げに覗《のぞ》き込まれ、直哉は苦笑とともにかぶりを振った。

「大丈夫。ごめん」

夢のせいでどうやら過敏になっているみたいだ。同じことをくり返している自分が情けないし、腹立たしくもあった。

次の客がレジにかごを置いたとき、視界から消えていた藍いジャンパーがふたたび目に入る。気にしないよう、あえてそちらに視線を向けなかったのに、目の前を横切られると厭《いや》でも意識する。

背の高い男だ。不精《ぶしょう》のためか、伸びてぼさぼさの髪を時折鬱陶《うっとう》しそうに掻《か》き上げている。なにを探しているのか、棚《たな》を眺《なが》めながらゆっくりとした足取りで直哉のいるレジカウンターへと近づいてくる。

また前髪を右手で掻き上げた。

「――早くしてよ」

うっかり男を熟視していた直哉に、苛立《いらだ》ちの滲んだ言葉が投げられる。

「すみません。こちらにお願いします」

瀬戸が気を利かして、隣のレジへと客を招いた。

それでも直哉は男から目が離せない。

不躾《ぶしつけ》な視線にようやく気づいたらしい横顔が、こちらへ向いた。その瞬間、男は目を見開き、逃げ道を探すかのように周囲を見回したかと思うと突然足早に店を出ていった。文字通り、逃げたのだ。

「羽田」

瀬戸が不審げに眉《まゆ》をひそめる。

「ごめん、瀬戸」

謝るが早いか直哉はレジカウンターを飛び出し、男を追いかけていた。外へ出てすぐ左右を確認したとき、闇《やみ》にまぎれようとする背中を見つけた。

「待ってよ。なんで逃げるんだよ！」

直哉の呼びかけに一瞬だけ足を止めた男が、いきなり走り出す。

当然直哉も地面を蹴《け》り、必死で追った。全力疾走《しっそう》でも追いつかないのは、相手も本気で走っているからだろう。

「追いかけてくるな！」

男が振り向きざまに口を開いた。負けじと直哉も言い返す。

「あんたが逃げるから追いかけるんだよ！　しかもかご、うちの買い物かご返せ！」

「かご？」

買い物かごを持ったままだったことにたったいま気づいたのか、男は足を鈍らせ、やっと止まると、その場でしゃがみ込んだ。

すぐ傍に駆け寄った直哉は、肩で息をしつつ同じようにしゃがんだ。

「あ……足が速くなったな」

ぜえぜえと荒い呼吸とともに吐き出された言葉は、久しぶりにしてはあまりにのんきすぎる。感動の再会なんてこれっぽっちも望んでいなかったが、こんなふうになるとも思ってい

なかった。

「なんだよ、それ」

大きく息をつきながらそう答えた直哉の前で、男はがしがしと頭を両手で掻き毟《むし》った。

「ああ……くそっ。まさかおまえに会うとは」

「知らなかったんだ？」

これには、当然だと返ってくる。

「もしかして偶然？」

「――ったく、これだから狭い町は」

「だからって逃げることはないと思うけど」

「……心の準備ができてなかったんだ。しょうがねえだろうよ」

冷たいアスファルトにふたりでしゃがみ込み、穏やかとは言い難《がた》い会話をする。まるで旧友さながらのノリは、かえって会わなかった年月を感じさせる。

「にしても、よくわかったな、俺が」

彼が、気まずそうに目をそらした。

「そっちこそ」

妙な心地でそう返すと、眦《まなじり》の上がった一重の目が微《かす》かに細められた。

「おまえ変わってねえぞ、あんまり」

「あんたは――」

ようやく落ち着いてきたはずの呼吸も、目の前の存在にまた乱れそうになる。

「あんたは変わったね、基継《もとつぐ》」

名前を呼ぶとき、少しだけ声が震えた。観念したかのように顔を上げて直哉を見てきた男の――基継の双眸《そうぼう》が、あきらめを滲ませてからふとやわらいだ。

「久しぶりだな、直」

昔と同じ呼び方に鼓動《こどう》が跳ねる。途端《とたん》に、自分が十歳の子どもに戻ったみたいな錯覚に陥り、直哉は唇《くちびる》を引き結んだ。

興津《おきつ》基継との十年ぶりの再会は、まるであの夢の続きのようだと思いながら、藍いジャンパーの裾にそっと手を伸ばしたのだ。


職場放棄の後、仮病《けびょう》を使って早退をし、まっすぐ家に帰りついた。

基継も一緒に、だ。

昔出ていったときと同様、基継の荷物はザックとショルダーバッグだけだった。ショルダーバッグの中になにが入っているのか、いまも直哉は憶《おぼ》えていた。

「あー……懐かしいな」

玄関の格子戸《こうしど》を開ける前に、基継は築三十年だか四十年だかの古い一軒家《いっけんや》を見上げてほほ笑む。実際、基継がここに住んだのはたった二年だったけれど。

でも、確かにあの短い期間、ここは直哉の家で、基継の家だった。

まるで山の空気でも吸うかのように軽く目を閉じ、一度深呼吸してから中へと入っていく。上がり框《がまち》に腰《こし》かけ、基継が靴《くつ》を脱ぐのを見届けてから直哉も倣《なら》った。

不思議な感じがした。

この、石の三和土《たたき》に自分のではない靴が並ぶのはもう、どれくらいぶりだろうか。

短い廊下を軋《きし》ませて居間に入るとすぐ、基継の目が簞笥《たんす》の上の小さな仏壇《ぶつだん》で留まる。ジャンパーを脱いで背筋を伸ばしたかと思うと、写真と位牌《いはい》だけの粗末な仏壇に長いこと手を合わせる横顔を、なぜか見ていられずに睫毛《まつげ》を伏《ふ》せた。

「志津子《しづこ》が死んだの、ずっと知らなくて」

振り返った基継は、畳《たたみ》に胡座《あぐら》を搔いた。

ストーブに火を入れながら、直哉は頷いた。

「もう一年以上前」

一年と三ヶ月前、直哉の母親——志津子は雇われママをしていたスナックで突然喀血《かっけつ》し倒れ、そのまま帰らぬひととなった。

末期の肺癌《はいがん》で、本人も承知していたのだと、あとから直哉は聞かされた。

「仕事で近くを通ったもんで、ちょっと様子を見に寄ってみたら」

「誰かに聞いたんだ？」

「角の煙草屋《たばこや》の……煙草買うときにそれとなく」

「ああ、鈴木《すずき》さん」

「そうそう」

基継が片笑んだ。直哉の知らない浅い笑い皺《じわ》が、目尻《めじり》に刻まれる。

「その足で寺へ行ってきた。夜中のうちに町を出るつもりだったんだが、まさかおまえがコンビニにいるなんて思いもしなかったから」

今度の笑みはどこか苦い。つまり基継は、自分と会いたくなかったと言っているのだ。

「薄情だね。普通は近くまで来たなら会おうと思うんじゃない？」

わざわざ志津子の墓参りには行ったのに、と言外に責める。顔を見て逃げ出すほどだったのだから、当然と言えば当然なのかもしれないが。

「まあ、元気でやってるのはわかったし」

「なにそれ。まるでこっそり見にきてたみたいな言い方」

文句を言いたかっただけで本気で聞いたわけではなかったのに、基継は決まりの悪そうな顔で無精髭《ぶしょうひげ》を掻いた。

「二、三度だよ。それに、かなり前だ」

あっさり肯定され、眉根を寄せる。たまに陰から様子を窺《うかが》っていたなんて——ストーカーじみた行為だ。

「なんで見るだけなんだよ」

「いまさらどの面《つら》下げて——だろう。やっぱり」

この返答には複雑な気持ちになった。

基継が自分を気にかけていたらしいことは伝わってくるものの、目と鼻の先まで来ていながら一度も家には寄らなかったのだ。今回、偶然コンビニで会ったけれど、本来ならこの再会もなかった。そう思うと、とても喜べない。

「だから、志津子のこと、悪かったな」

謝られても素直に受け止められず、直哉はふいと目をそらした。

「いいよ、べつに。それにどうせ、俺には会うつもりなかったんだろ」

会うどころか、顔を見た途端に走って逃げたくせに。

「……そうだな。会うつもりはなかったんだけどな。なんの運命の悪戯《いたずら》か」

基継が肩をすくめる。

「引き寄せられたんじゃないの？」

直哉にしてみれば精一杯の嫌みだったが、基継はぴんとこなかったようだ。

「誰に」

不思議そうに返されて、畳のささくれを見たまま、

「母さん——とか」

満更冗談《まんざら》でもなく答えた。実際、志津子と基継は親密に見えた。子ども心に、疎外感を覚えるときもあった。

「それはないだろ」

直哉の記憶にはない笑い皺がまたできる。

本当に基継は変わったなと、直哉は改めて観察した。

背は昔から高かった。

男らしくくっきりとした眉は直哉の憧《あこが》れだった。その下の、やや吊《つ》り気味で一重瞼の目のせいで、一見強面《こわもて》にも見える。一方、笑うとがらりと印象が変わり優しく見えることを、直哉は誰よりも知っていた。

目の前の基継はいまも記憶の中と同じなのに、やっぱりまったくちがうのだ。

髪や無精髭ばかりではない。雰囲気がまるでちがう。

昔はもっと学生っぽくて——事実高校を卒業したばかりだったのだけれど——いま自分の前にいる基継は大人びていて、知らない人間と向かい合っているような落ち着かない気分になる。

十年だ。

十年もたてば変わってあたり前なのかもしれない。

別れたとき十歳だった直哉が二十歳になったように、二十歳だった基継はいま三十歳になっているのだから記憶の中とはちがっていて当然だろう。

「なんで……逃げたんだよ」

覚えず洩《も》らした非難の台詞に、基継はしばらく黙っていたが、再会したときと同じあきらめの滲んだ目で直哉を見返してきた。

「そうだな。直が変わってなくて——十年が俺の中で消えちまったような気がしたから」

直哉は畳に置かれた藍いジャンパーに目を留め、基継の前に座った。

「俺には長かったかも。十年」

藍いシャツ。何度も何度もくり返し夢に出てきた背中。

いまでこそ胸が痛む程度になったが、以前は必ず泣きながら目を覚ましていた。

それほどあの光景は直哉の脳裏《のうり》に焼きついて離れない。

「こうやって基継を前にしても、なんだかすごく昔のような気がするよ」

——どこ行くの？

問うても返ってくるのは、穏やかな笑みだけだ。

——すぐに帰ってくる？

これにはなんの返答もせず、基継は一言こう告げてきた。

――うちへ帰りな。

基継を見たのは、それが最後だった。突然うちにやってきたときと同じように、突然姿を消してしまった。

志津子は基継が去ることを承知していたのか、以来、不自然なほど一度も名前を口にしなかった。なんだか聞いてはいけない気がして、直哉もずっと黙っていた。

――基継はどこへ行ったの？

――いつになったら帰ってくる？

たった二言を口にできずに、ずっと胸の奥に抑え込んで過ごした。

いつ帰ってくるのか。どこへ行ったのか。待ちに待って、五年たった頃、ようやく悟った。

基継は二度と帰ってこない。だからもう二度と会えない、と。

それなのに――。

畳に落とした目の隅に、膝《ひざ》の上に置かれた手が入ってくる。大きくて筋張った、直哉の知らない男の手だ。

じっと見つめていると、その手が動いて直哉の髪に伸ばされた。

「ひとりで寂しいのか、直」

髪に触れられ、どきりとする。

「……なんで？」

「じゃなきゃ、あんな必死に俺を追いかけてこないだろ？」

直哉を撫《な》でる手は昔のままで、そのせいで違和感を抱いてしまう。

「ていうか、変わったっていう俺のことが、よくわかったな」

「……それは」

どうしてだろうと自分でも考える。変わったと口で言いながら、一目見ただけで基継だとわかってしまったのはなぜだろう。直哉は、基継の顔を見た瞬間から本人だと決めつけ、少しも疑わなかった。

「ほんと、なんでかわからないよ。なんで追いかけたのかも、わかんないし」

自分でも判然とせず、ぶっきらぼうに答える。

「おまえは昔からそれだな」

基継は頭から手を離すと、額を軽く小突いてきた。

「『会いたかったから』くらいの台詞、言ってみろよ。こっちはおまえも俺に会いたがってたのかと思ったのにさ」

「も？」

咄嗟に基継を見返すと、あからさまに基継の表情が変わった。が、それも束《つか》の間《ま》で、すぐにまた笑顔になる。どうやらはぐらかそうとしているらしいが、直哉にしても追及したいわけではなかった。

「いま、どこに住んでるの？」

さりげなく質問を変えると、手が額から離れていく。咄嗟に手首を捕まえたのは、条件反射みたいなものだ。

「どこって——おい、放せって」

軽く咎められて、ばつの悪さを味わいつつ放したものの、手のやりどころに困って仕方なく膝で握り込む。

「先月まで外国にいて、こっち戻ってからは友人の家に居《い》候《そうろう》してた」

基継は基継で、痛みをやり過ごすかのようにそのまま手を宙に浮かしている。

「外国？」

「イラン・イスラム共和国」

「イラン・イスラム共和国？」

びっくりしすぎて声が裏返ってしまった。行方《ゆくえ》を探しはしなかったけれど、これでは探したところで見つからなかっただろう。

「北部イランのアゼルバイジャン州だ。サバラン山地、知ってるか？」

「知るわけないだろ」

「そこで遊牧民のシャーサヴァン族と一緒に生活していた、半年」

「……あんたって」

根無し草なところは、十年たったいまでも変わっていないらしい。

「サラーム。ハレショマフベ？」

「……はれ？　なんだよ、いきなり」

「こんにちは。元気かい？　――って聞いたんだ」

「……元気だよ。目の前にいるんだからわかるだろ」

十年ぶりなのに憎まれ口を叩いてしまうのは、やっぱり逃げられたせいだろう。しばらく根に持ってしまいそうだ。

「そうだな。元気そうでなによりだ」

基継がほほ笑む。その笑い方が遠い記憶のそれと重なった気がして、直哉はまた子どもに戻ったような不安定な心地になる。

――うちへ帰りな。

あの日もいまみたいに穏やかな笑みを浮かべていた。その後直哉に背中を見せて、二度と振り返ることはなかった。

基継は、自分を置き去りにした。

「じゃあ、いま住むところないんだ？」

「だから友人のところに」

「基継は」

質問をしたのは直哉だが、基継の答えをさえぎる。聞きたい返答はひとつだけだった。

「もう、ここには帰ってこないわけ？」

「……直」

基継が息を呑《の》んだ。戸惑いの浮かんだ顔を前にして、もっと困らせてやりたいと思う。

「『会いたかった』って言われたかったんだよな。俺が言えば、基継は帰ってくるのかよ」

この期《ご》に及んでまだ基継ははぐらかそうとする。

「まいったな。おまえにそんなふうに言われたら、俺はどうすればいいんだ」

笑い話で片づけようとしているのは明白で、そうはさせるかと直哉はまっすぐ基継を見据《みす》えた。

「帰ってくるの？　こないの？」

強い口調でくり返した。もうあんな思いは二度とごめんだ。二度も基継の背中を見送るなんて冗談じゃない。だから直哉は、過去について問い詰めたい衝動を抑え込み、いま一番重要な言葉を口にする。

昔は子どもだったから引き止める術《すべ》を知らなかったが、いまならいくらでも思いつくのだから。

「どうなんだよ、基継」

詰め寄る直哉に、基継の瞳が迷いを滲ませて揺れる。

「それとも、また俺を置いていくんだ？」

直哉は、一瞬たりとも基継から目を離さず答えを待つ。

やがて、観念したのか短いため息が吐き出された。

「昔から俺は、直に勝てたためしがない」

嘘《うそ》ばっかりと思ったが、それは口にはしなかった。

「だって、あんたは十年間俺に『おかえり』って言わせなかったじゃないか」

反論する代わりに、あまりに遅れた帰宅を責めた。

「――直」

基継はいっそう困惑の表情を浮かべる。

その顔を前にして、もしかしたら自分は基継の言うように寂しかったのかもしれないと初めて自覚する。基継の存在が、それまで孤独だったと実感させるのだ。

昔と同じだ。

十年の隔たりはあっても、自分のそういうところはあまり変わっていないらしいと呆《あき》れずにはいられなかった。

「納豆《なっとう》と味噌汁《みそしる》。目玉焼き――朝はやっぱりこうじゃないと」

卓袱台《ちゃぶだい》にふたり分の朝食を並べて、基継が満足げな顔をする。

「早く食べたら？　冷めるよ」

「そうだな」

向かい合って座り、ご飯を食べる。誰かと一緒に住んで一番変わるのは、食事かもしれない。

「醬油《しょうゆ》、取って」

「ちょっと待て」

自分の目玉焼きに醬油を垂らしてから、ほらと直哉に手渡してくれる。過去には何度もあった、些細《ささい》な日常だ。

志津子と食卓を囲んだことは――数えるほどしかない。基継といた二年間は、いつもふたりでご飯を食べていた。

朝は和食。目玉焼きには醬油。これは基継の刷《す》り込みだと言っていい。

志津子は商売柄、身持ちが堅いとはお世辞《せじ》にも言えない生活をしていた。直哉は父の顔どころか名前も知らされていないし、男連れの母を何度も目にしている。

小さな町なので、近所の評判も芳《かんば》しいとは言い難かった。

そんな志津子が家にまで連れてきた唯一の男が、まだ十八歳だった基継だ。

三十四歳の志津子よりは十六歳も年下で、直哉にしても当時は母親の男というよりは歳の離れた兄のように感じていた。

基継と志津子が男女の関係だったのかどうか、じつはいまでも定かではない。一緒に住んでいたくらいだから関係はあったはずだが、少なくともそういう雰囲気を直哉が嗅《か》ぎ取ったことは一度もなかったように思う。

もちろん、急に入ってきた他人に戸惑いはあった。けれど、それ以上に傍にいてくれる誰かの存在に飢《う》えていた。

若い男を連れ込んでと、近所の悪評も気にならなかった。

それは、当の基継のおかげもある。

――女手ひとつでおまえを育ててくれている志津子に感謝しろ。

――悪いことをしているわけじゃない。堂々と胸を張ってろ。

ことあるごとにくり返された言葉が、あのときの直哉にとっての正義だった。だから基継と外出するときは、直哉はけっして下を向かなかった。

たった二年間だったが、小学生の直哉が基継から受けた影響は誰よりも大きかったと、いまでもそう思っている。

「うまいな」

味噌汁を口にした基継が頷く。

「うん。うまいね」

ご飯は温かいうちに食べるとか、おいしいと思ったら口に出して言うとか。辛子明太子《からしめんたいこ》は生焼けがいいとか、味噌は白味噌に限るとか。

食事の嗜好《しこう》にしても例外ではない。たとえどんなに些細なことであっても、基継のすべてを信じていた。

「ごちそうさま」

「ごちそうさまでした」

手を合わせ、すぐに立ち上がって片づけに取りかかる。

「俺が洗濯するから、基継は皿洗いお願い——あ、ザックの中に汚れものある？」

「あるな」

「勝手に開けるよ」

家事は朝のうちにすませる。天気のいい日には布団を干す。これも過去の二年で染みついた習慣のひとつだ。

部屋の隅に置いてあるザックの中身を物色して、シャツや下着を取り出す傍《かたわ》ら、昔、直哉が『大きなリュック』と言ったときに、

——ちがう、直。それはザックっていうんだ。

そう教えられたときのことが頭によみがえり、知らず識《し》らず頬《ほお》が緩んだ。どんなに些細な出来事も脳裏に刻まれている。それほどあの二年は自分にとって特別だったのだ。

「全部出すよ、中身」

台所に向かって声をかけたとき、茶碗《ちゃわん》のぶつかる音と鼻歌が突如《とつじょ》途切れた。かと思うと、血相を変えて基継が駆け寄ってきた。

「ちょっと待て！　やっぱりいい。触るな」

いったいなんだというのか、普通ではない狼狽《うろた》え方に首を傾《かし》げる。

「なんだよ、急に」

よほど見られるとまずいものでも隠しているのか、基継の両手は泡だらけのままだ。

「とにかく、触るな。あとで俺が出すから」

懸命にごまかそうとする基継に、直哉は胡乱《うろん》な半眼を流した。

「なんで」

基継の双眸が左右に泳ぐ。

「なんでって――俺にもいろいろあるんだよ」

「なんか怪しいね。変なものでも入れてるんだ？」

「まさか」

基継が軽い調子で流そうとすればするほど、なにかあると言っているも同然だった。

「変なものとは人聞きが悪いな。単なるプライバシーの問題だ」

「プライバシーね。まあ、いいけど」

ザックから手を離した途端、基継はあからさまに安堵《あんど》の顔になる。わかりやすい態度が面白くなかったが、直哉はその隣のショルダーバッグに視線を移した。

「この中、カメラ？」

「ああ、そうだ」

「写真、まだ撮ってるんだね」

「商売だからな」

流しに戻ると、またすぐに鼻歌が始まる。

昔から同じ、『愛の讃歌《さんか》』基継バージョンだ。直哉もときどき知らぬ間に歌ってしまい、ばつの悪い思いをするときがある。

「自称カメラマン？」

「なにを言う。自称は余計だ。これでも一応出版社と契約してるんだぞ」

「ふうん」

「『ふうん』じゃねえ。シャーサヴァン族に同行してたのだって、仕事のためもあったんだからな」

「『も』ってことは、仕事じゃない部分もあったんだ？」

「……………」

「そっちのほうが比重が大きかったりして」

「おまえ」

タオルで手を拭《ふ》きながら、基継が振り返った。

「ひとの揚げ足ばっか取って、可愛くねえぞ」

そうして鼻にきゅっと皺を寄せる。

これは、直哉の知っている癖だ。頑《かたく》なな態度を取った直哉を諭《さと》す際にも、基継は同じ顔をした。本当は叱《しか》りたくないけど、と言われているみたいで意地を張ることなんてできなくなった。

なんとなく気恥ずかしくなって、ふいと顎《あご》を上げる。

「可愛くてたまるか。俺、もう子どもじゃないんだから」

――直、こっち向け。

昔、直哉は何度も基継にカメラを向けられた。

――笑えって。俺が有名になったら、この写真は価値が出るぞ。ポートレイトなんて撮ることはないからな。

――有名になったら、だろ？

直哉の軽口に、基継は鼻に皺を寄せた。

――なるの！　ったく、減らず口だな、この子は。

ほとんど身ひとつだった基継が、唯一大事にしていたのがカメラだった。

暗室代わりに使っていた奥の四畳半《よじょうはん》の納戸《なんど》は、いまも埃《ほこり》だらけのまま放置してある。

価値が出ると撮ってくれたあの写真は結局どうなったのか。現像されたのかどうかも直哉は知らない。

でも、本人の言うとおり、何枚か見せてもらった写真はほとんどが自然を写したものだった。

それも海ではなく、平地でもなく、山。

過酷《かこく》な環境に屈しない木々。朝陽《あさひ》に輝く山肌《やまはだ》。残雪に覆《おお》われた山稜《さんりょう》。

ファインダー越しの基継の視線は、常に荒々しい生命の息吹《いぶき》に満ちあふれていた。

子どもの直哉でさえ、基継の山へのこだわりを感じ取れた。

基継が山岳《さんがく》写真ばかり撮りつづける理由を、それから間もなくして基継自身の口から直哉は聞かされることになる。

アラインゲンガー。

ドイツ語で単独登攀《とうはん》者、つまりはソロ・クライマーのことをいう。パーティを組まずに単独で山に挑む者のことだ。

自分ひとりで計画し、ひとりで登る。

基継の父親はアラインゲンガーだった。そうしてたったひとり、山で死んだ。三十四歳の若さだった。

基継が十二歳のときだ。

厳冬の八甲田《はっこうだ》と、直哉は聞いている。

雪崩《なだれ》に巻き込まれ、標高差約二百メートル、距離にしておよそ五百メートル流された。部分埋没だったおかげで死体は発見され、近くで彼のザックも見つかった。

ベテランアルピニストの不慮《ふりょ》の事故死として、小さな新聞記事にもなったという。マッターホルン、アイガー北壁の単独登攀に成功した男の最期《さいご》の場所は、日本の山だったと。

『私が山で死んでも嘆《なげ》き哀しむな。私にとって山で死ぬことは、決して不幸な死ではないのだから』

父親の口癖だったというそれを、口にしながら基継は鼻で笑った。

父親の話を嫌い、避け、一度だけ話してくれたそのときですら、普段の基継からは想像もできないほどの嫌悪感をあらわにしていた。

——なにが不幸な死じゃねえだ。男のロマンかなんか知らねえけど、結局は自分のことしか考えてないってだけだろ。

基継の憤怒《ふんぬ》が子ども心にも理解できた。家族を顧《かえり》みることなくひとり山で死んでいった父親を、基継は恨《うら》んでいるのだと思った。その基継がどうして嫌いなはずの山にこだわるのか、当時もいまもわからないのだが。

基継についてはわからないことのほうが多い。

基継はいろいろな話をしてくれたくせに、肝心《かんじん》なことはなにも言ってくれなかったような気がする。

たとえば志津子とはどうやって知り合って、どんな関係だったのか。なぜ急にいなくなったりしたのか。

それは直哉が子どもだったせいかもしれないし、他に理由があったのかもしれない。

「おい、直」

「なに？」

基継が近寄ってくる。

「なにじゃねえだろ。おまえさっきから、ずっと洗濯機睨《にら》んで、どうしたんだよ」

「あ……あれ」

基継は横から手を伸ばして、洗濯機の蓋《ふた》を閉めた。

「ったく、おまえのそういうところ、本当に変わらないなあ」

くくっと笑われ、目の前にあるトレーナーを捲《まく》り上げた基継の腕に目を留める。

日に焼けて逞《たくま》しくなった、記憶にはない腕だ。

指先で腕に触れると、基継が直哉を見てきた。それと同時に、弾《はじ》かれたように腕を引き、直哉から離れた。

「ぼんやりするなよ」

「……うん」

あの日、基継はどうして急にいなくなってしまったのかと、この十年何度も考えてきた。

志津子は初めから知っていたようだった。

——基継、どこかへ行っちゃった。

家に戻って言ったとき、志津子は「そう」の一言だった。

「基継」

「ああ？」

「洗濯物干したら買い物に出るけど、基継どうする？　一緒に行く？」

「そうだな。行ってみるか」

基継とともに居間に戻る。基継はやかんを火にかけ、コーヒーを淹《い》れ始めた。

「納戸は——」

その背中を見つめる。やはり記憶にある背中よりも大きい。

「どうする？」

暗室代わりに使っていた納戸。そこを暗室として使ううちはきっと、基継は出ていかない。

逆に言えば、納戸を片づけた日が基継のいなくなるときだ。

「空いてるのか」

「埃だらけ。基継が片づけたときのまま放ってあるから」

基継は無精髭の顎を掻いた。

「午後から掃除するか」

基継の返答にほっとして、思わず笑いかけると精悍《せいかん》な面差《おもざ》しに微かな戸惑いが浮かぶ。そういえば、昔もときどきこういう表情になる基継を見たような気がする。

「俺も手伝うし」

コーヒーを飲んだあと、洗濯をすませてからふたりして家を出て近くのスーパーに歩いて出かけた。

天気はいい。風は冷たいけれど、日向《ひなた》はぽかぽかとして暖かい。そのせいか、今日は買い物客も多かった。

「お昼、なににする?」

「なんでもいいぞ」

「うどんとかでも?」

「ああ」

「じゃ、上の買い物終わったら下りてきて」

入り口で別れる。

食品売り場で直哉が適当に買い物をしている間に、基継は二階の衣料品売り場で自分の下着や服、それからパジャマを買い込む手筈《てはず》になっている。

意外にせっかちな基継のことだから、たいして迷わずすませるだろうと、直哉も急いで必要な食材を買い物かごに放り込んだ。

スーパーの袋を手に持ち戻ったときには、すでに基継はそこにいた。少し離れた場所で足を止めた直哉は、自分を待っている姿を眺めた。

周囲を窺い、目的のものを見つけると基継はジーンズの尻ポケットから煙草を取り出し、唇にのせる。目的のものとはもちろん灰皿だ。

壁に凭《もた》れ、スーパーの袋を片手に持ってうまそうに煙草を吸う姿を眺めながら、初めて自分に煙草の味を教えたのも基継だったと、そのときのことを思い出す。

いったいいくつから常習しているのか、基継が煙草に火をつける仕種《しぐさ》はすっかり板についていた。

銘柄《めいがら》はセブンスター。

——煙草、吸うんだ？

——まあな。

——おいしいの、それ。

——試してみるか？

――いいの？

基継がうちに来て間もなくの頃だった。基継は自分の吸いさしを、そっと直哉の口の前に持ってきた。直哉はどきどきしつつ唇を解《ほど》き、煙草を咥《くわ》えた。

思いきり吸い込んでしまい、咳《せ》き込んだ直哉の背中を、笑いながら基継は擦《さす》ってくれた。

――ぜんぜんおいしくない！

――直が子どもだって証拠だな。

――ちがう。こんなの大人になったっておいしくないよ、絶対。

あのときそう言ったはずの直哉はいま立派な愛煙家だが、ずっとセブンスターを吸っている。

――大人になりゃ、そのうち酒や煙草のうまさがわかるようになるさ。

いまだうまいと思って吸っているわけではないので、まだ大人になっていないのかもしれないが。当の基継にしても、見かけに反して下戸《げこ》だったのだから、まだ大人ではなかったのだろう。

「…………」

再会してからあの頃のことが次から次に思い出される。閉じていた記憶の箱が一斉に開いたようだ。

「直、終わったか」

咥え煙草の基継がこちらに気づき、片手を上げる。

「終わった」

歩み寄っていくと、短くなった吸いさしを灰皿に押しつけ、先に外へと出た。

「重いなら持ってやるけど？」

来た道を戻りながら、基継の右手が差し出される。

「平気。そんなに重くない」

断ったときにはすでに袋は基継の手にあり、直哉はこっそりため息をついた。自分と同じで、基継もいちいち過去の記憶を再現しているのだろう、そう思ったためだ。基継の中できっと自分はまだ小学生だ。

「──ああ、そういや直、おまえコンビニの仕事、何時からやってるんだ？」

「十時からだけど」

答える一方で、基継の返答を予想する。

遅いな。昼間じゃ駄目なのか？

「なんで夜なんだ」

そう遠くない言葉を聞いて、やっぱりかと脱力した。基継にとって『直哉』はいまだ守ってやらなければならない子どもなのだ。

もっとも基継ばかりを責められない。外見はさておき、直哉にとっての『基継』も当時のままだ。当時しか知らないのだから、これはかりはしようがない。

「べつに。時給いいし」

そっけなく返したとき、道路の向こうから直哉の名前を呼ぶ声が耳に届いた。

瀬戸だ。

「買い物？」

路肩にバイクを停め、道路を横切って近づいてきた瀬戸は、いつものコミュニケーション力を発揮し、人懐っこい笑みを浮かべる。

「そう。瀬戸は？　どこかに行く途中？」

「友だちの家に」

笑顔で答えたあと、隣に立つ基継にも愛想《あいそ》のいい顔を向けた。

「羽田の知り合い？」

どう答えていいのか迷い、直哉は横目で基継を窺う。これまで基継を他人に紹介するような機会などなかったし、そもそも自分にとって基継の存在がどう表されるものなのか、考えたこともなかった。

「兄貴みたいなもんだ」

基継が答えた。いままでも誰かに同じ返答をしたことがあるのか、いたって自然な言い方だった。

でも、それは適切ではないなと直哉は思う。確かに他者から見れば兄のような存在かもしれないが、兄ではなかった。少なくとも直哉は、一度も弟として接しなかった。

「へえ、幼馴染《おさななじ》みみたいなもの？」

瀬戸が同意を求めてくる。

「あ、そう、かな」

直哉は頷くしかない。

だいたい母親の男は兄とは言わないよ、と心中で反論しながら。かといって基継を父のようだなんて、それこそ思えないのだが。

「先に帰ってるよ」

言うが早いか基継は直哉をその場に残して、ひとりで帰っていく。どことなく気まずさを感じつつ、直哉は離れていく背中を見送った。

「もしかしてあのひとって、昨日羽田が追いかけていった男じゃないのか」

後ろ姿で気づいたのだろう、瀬戸が双眸を見開く。

「……まあ、そうだけど」

直哉の返答に、へえとその目に好奇心を滲ませた。

「じゃ、あれだ。久々の再会だったりするんだ」

「……まあね」

「あのひと、いま羽田ん家《ち》にいるわけ？」

「あ、うん」

「しばらくいるってこと？」

質問に答えているうち、根掘り葉掘り詮索《せんさく》されているような気分になってくる。瀬戸のせいではないとわかっていても、いい気持ちはしない。

「……じゃ、俺、帰るから」

急いでいるふうを装い、足を踏み出す。瀬戸と別れたあとは、小走りで家を目指した。家に着いたとき、基継はすでに台所に立って昼食の準備に取りかかっていた。

「よ、早かったな」

ネギを刻む手を止め、振り返る、その姿にまた、直哉は一瞬にして時間をさかのぼっていく。

――もうすぐできるから、待ってろよ。

あの頃、留守《るす》がちな母親に代わって直哉のほとんどの世話を基継がしていた。

食事は簡単なものばかりだったが、直哉のために台所に立ち、卓袱台を囲み、風呂にも一緒に入った。

「手伝おうか？」

「いいよ、すぐできるし。箸《はし》とお茶用意して、待ってろ」

肉を煮付ける醤油の匂《にお》いが部屋じゅうに立ち込めてくる。基継のうどんの具は、毎回甘辛く煮付けたバラ肉と、たっぷりのネギと決まっていた。

つゆはどちらかといえば薄味で、見た目もほんのり醤油の色がつく程度だ。

「よし、できたぞ」

丼《どんぶり》をふたつ抱えて、卓袱台に並べる。

「いただきます」と手を合わせることを強要したのも、そういえば基継だった。

ひとりでご飯を食べることの多かった直哉は、それまで「いただきます」とか「ごちそうさま」とか、とにかくすべての挨拶《あいさつ》をしない子どもだった。とはいえ、当の基継にしても挨拶どころか、ひどく荒れた生活をしていたというから、自分が直哉を躾《しつ》けなければという義務感に駆られたのだろう。

つるつると麺《めん》をすすり、咀嚼《そしゃく》する音。丼やコップの立てる音。ふたりでいるというのは、そういう音もふたり分だと実感する。

昔もいまも。

「灰皿、あるか」

食べ終わって流しに丼を戻したあと、基継が二本の指を振った。

「あるよ」

タンスの上に置いていた灰皿とセブンスターを卓袱台にのせ、直哉自身も慣れた手つきで一本取り出し火をつけた。

「おまえ、煙草吸うのか」

なにを驚いているのか、基継は目を瞬《しばた》かせる。

「一応、二十歳過ぎてるからね」

直哉の返答をどう受け取ったのか、卓袱台の上のセブンスターに視線を移すと頭を掻いた。

「まあ、そうか。そうだな。ちょっと変な感じがしただけだ」

その後はふたりとも黙って煙を吐き出した。確かに変な感じだった。基継と向かい合って同じ煙草を吸う日が来るなんて、想像すらしていなかった。

互いの息遣いを意識しながら、天井に立ち昇る煙を目で追いかける。壁の時計が刻む秒針の音さえ耳につくような、妙な空気に包まれた。

「なんだよ」

最初に沈黙を破ったのは基継だ。

「なにが?」

意味を図りかね、基継へ戻す。

「なにがって、ひとの面じっと見てるからだ。俺の顔になんかついてるか?」

「? ——見てないよ」

煙を見ていたのだから基継の顔は見てない。そう思ったけれど、急に自信がなくなる。自分でも気づかないうちに、基継を見てしまっていたのかもしれない。

「……髭が」

煙草を吸っている間も直哉が意識していたのは、基継だ。

「見てたとしたら、たぶん髭。気になるんだよね」

わざと眉をひそめてみせた。

「いま頃なに言ってやがる」

基継は髭に手をやると、不服そうに上唇をめくった。

「だから、基継もおじさんになったなあって思って。けど、三十だもんね。そりゃおじさんにもなるよなあ」

他の三十歳の男と比較しているつもりはない。他人と基継を比べること自体できない。直哉が比べているのは、十年前の基継だけだ。

「直哉、てめ。喧嘩《けんか》売ってんのか」

「中年世代？」

基継の手が、直哉の頭をがしりと摑んできた。

「な、なにすんだよ」

かと思うと、そのまま畳に倒され、のしかかられる。

「食らいやがれ。ジョリジョリ攻撃」

「わ！　なんだよっ」

咄嗟に逃げを打ったが、抗《あらが》う隙《すき》もなかった。ざらざらした顎を頬に擦《こす》りつけられ、直哉は悲鳴を上げた。

「痛っ……痛いって！　基継っ」

暴れても逃れられない。力のちがいを見せつけられる。

「ほら、参ったか」

「なにガキくさいこと言ってるんだよ！　やめろって」

「やめてくださいと言え」

直哉が厭がるせいで、基継はすっかり悪乗りしているようだ。

「基継ってば」

「ほーら、やめてくださいは～？」

「もうっ、わかったって。やめてくだ――」

やめてほしい一心で、渋々強要された言葉を口にしようとした直哉だったが、ふいに既視感を覚えた。

頬に当たる髭の感触は痛いし気持ち悪いが、直哉が引っかかったのはそれではない。この――体勢だった。

跨《また》がられ、上から押さえつけられて逃れられない。体重以上の重みを感じて、身動きできなくなる。

「直？」

暴れるのをやめた直哉から顔を上げた基継が、怪訝《けげん》そうに名前を呼んでくる。黙っていると、

「……すまん。悪乗りしすぎた」

なにを勘違いしたのか、やけに殊勝な態度で謝罪し、直哉の上から退いた。

「俺、納戸の掃除してくるわ」

「あ……うん」

すぐに居間を出ていく背中を見つめながら、どこかすっきりしない気持ちになる。それがなぜなのか考えて、結局、直哉が思い当たるのはひとつしかなかった。

――直～。こんなところで眠ったら風邪《かぜ》ひくだろ。

テレビを観ながらついうとうとしているうち、本格的に眠くなり畳に寝そべった。肩を揺り動かされて仕方なく薄目を開けてみると、すぐ近くに基継の顔があった。

――直、布団で寝ろ。

――う……ん。

頬を基継の手で包まれ、直哉は安心してまた目を閉じた。基継の手のぬくもりが心地よくて、さらなる眠気を誘ったのだ。

――な～お。ほら、直哉くん、起きなさいって。起きないと齧《かじ》っちゃうぞ～。

言葉どおり肩や腕を軽く嚙《か》まれ、くすぐったさに身を捩《ねじ》る。それでもむきになって目を閉じていたら今度は頬や首のあたりまで歯を立てられた。

――くすぐったい。くすぐったいって、基継。

とうとう観念して目を開けた直哉は、息がかかるほど間近で基継と向き合った。

――……基継。

自分を見てくる基継のまなざしが優しくて、それが嬉《うれ》しくて、基継のパジャマの襟元《えりもと》を両手で摑《つか》んだ。

――直。

そっと頬に下りた唇が、次に触れたのは唇の端《はし》だった。

乾いた基継の唇は少し冷たくて、煙草の匂いがした。

憶えているだろうか、基継は。

キスとも言えないような、子ども騙《だま》し同然の触れ合いだったが、あれが直哉にとっては正真正銘の初キスだ。いまでも明確に憶えている。あのときの自分は喜びに胸を高鳴らせていたのだ。

「…………」

また昔を思い出し、むくりと起き上がった直哉は胡座を搔くと、煙草に手を伸ばした。

セブンスター。狭い部屋に満ちる煙草の匂いが、また直哉を過去へと誘う。

――秘密な、いまの。

――秘密?

――ああ、誰にも秘密。守れるか?

――うん。誰にも言わない。

――いい子だ。じゃあ、約束の印。

そう言ってもう一度重ねた唇は、少し湿《しめ》った感触がした。

「……なにが約束の印だよ」

結局自分を捨てて姿を消したくせに。

――うちへ帰りな。

たった一言で、置いていったくせに。

吐き出す煙に、舌打ちが重なる。

一緒にいたのは二年足らずだったが、厭になるほど基継の影響は大きい。基継に充電された直哉は、ものの見事に感電してしまったと言ってもいい。

同性にしか興味が湧《わ》かないのも、そのせいだと思っている。

いままでつき合った男は、ふたり。だからキスをした男もふたり。

頭の片隅でいつも、子どもの頃にした基継とのキスと比べてしまうのは、影響の範疇《はんちゅう》を超えているのではないだろうか。

長続きしないのも、きっと無関係ではない。手懐けるだけ手懐けて、ある日突然放り出されれば人間不信になったところで誰も文句は言わないはずだ。しかも自分はまだ十歳だったのだ。

もっとも誰とも長続きしないのは、他にも理由がある。

直哉はセックスができない。男の身体《からだ》に触れられないし触られたくもないという、とんでもなく肩身の狭いゲイだ。強引にコトに及ばれそうになり、相手の腹めがけて嘔吐《おうと》したことが二度の別れのきっかけになっている。

このまま清い身体で生きてゆくのも吝《やぶさ》かではない。でも、キスはできるのにその先がまったく駄目だなんて、なにか原因があるとしか考えられなかった。

たとえば、基継がキスしかしてくれなかったから。

もし基継とセックスしていたら、いま頃自分は男と犯《や》りまくっていたかもしれない。頭の隅で体温や匂いや感触を、いちいち比較しながら。

「……なに考えてんだか」

そこまで思考を飛躍させたところで、己《おのれ》のばかさ加減に呆れて咳き込む。

「だいたい小学生でどんなことすればよかったんだよ。犯罪だろ、犯罪」

ついには独り言でオチをつけ、頭を左右に振った。

「お〜い、直。雑巾《ぞうきん》ねえか」

納戸から基継の声が聞こえてくる。

「すっげえな、この埃。直〜、なんか掃《は》くものも持ってきてくれ」

「ちょっと待って」

煙草を揉《も》み消してから、すっかり重くなった腰を上げた。洩れそうになったため息をなんとか嚙み殺し、雑巾を取りに風呂場《ふろば》へ向かった。


隣のレジに入っていた瀬戸が、客が切れたのを見計らって話しかけてくる。どうやら瀬戸は基継のことが気になっているらしい。

歳はいくつか、どんな知り合いか、なにをしているのか、矢継ぎ早に質問してくる。おかげで直哉は、

「ああ見えてまだ三十歳」

とか、

「母親の知り合いで、昔よく遊んでもらっていたんだ」

とか、

「一応カメラマン」

とか。

基継のプロフィールを語るはめになった。

嘘はついていないが、事実を言うのも躊躇《ためら》われて多少の脚色を加えて説明した。とはいっても、直哉も二年間の基継しか知らないのだ。しかもそのほとんどがあまりに日常的で、改めて他人に話すほどのものでもない。

「へえ。で、久しぶりの再会だったのか。けど、本当に偶然だったんだろ?」

「そう。俺がここで働いてて、びっくりしたみたいだから」

「なんか、すごかったよな。急に逃げるし――羽田は必死で追いかけてくし」

「あのときは、ごめん。焦《あせ》ってたから」

「まあ、十年ぶりならしょうがないよ」

客が入ってきたときはいったん話を打ち切る。もう終わったかとほっとしていると、またすぐに瀬戸は基継の話を持ち出す。そのくり返しだった。

基継の話を誰かとするのは初めてで、直哉自身、戸惑ってしまう。忘れていたはずの過去の出来事まで思い出されて、苦い気持ちにもなった。

――若い男連れ込んで。

――ああ、羽田さんとこの。

近所ではいろいろと噂《うわさ》していたようだが、直哉の姿を見るとみなぴたりと口を閉じた。子どもへの配慮というより、それだけ刺激的な内容だったのだろう。

――家に連れ込んだ男に子どもを見させてんのよ。信じられる？　あの子も哀れよねえ。

噂好きのおばさんたちがいったいどんな噂話を広めていたのか、いまなら想像がつくけれど、当時はわからなかったし、べつに気にもならなかった。おばさんたちの言葉より、基継の言葉のほうを信じた。

基継の与える世界が直哉の世界――そういうときも確かにあったのだ。

「で、あのひと、羽田の家にいつまでいるの？」

瀬戸がまた質問を重ねる。

直哉は小さくかぶりを振った。

「わからない」

いつまでいるかは、基継の気持ち次第だ。昔みたいにまた急にいなくなってしまう可能性は大いにある。

本音を言えばいまも気が気ではなかった。仕事から帰ってみると基継がいない――そんな想像をして不安に駆られるのだ。

どうしてあのとき基継は突然出ていってしまったのか、問い質《ただ》したいのに面と向かって聞けないのはそのせいだった。

自動ドアが開く。

「いらっしゃいま――」

瀬戸と揃《そろ》えた声を、直哉ひとり途切れさせた。

「よ」

入ってきたのは基継で、すっぽりと被《かぶ》ったウインドブレーカーのフードを外し、直哉に向かって手を上げる。

「どうしたんだよ。こんなに早く」

時刻を確認すると、まだ午前六時になる前だった。

「おまえ、もうちょっとで終わりだろう。ランニングがてら迎えにきた」

「ランニングって――」

基継は肩で息をしている。額にも汗が浮かんでいて、本当に家から走ってきたらしい。

基継はスポーツドリンクをひとつ買うと外へ出た。窓の向こうに、一気にドリンクを飲み干す基継の姿が見える。

「……面白いひとだね」

瀬戸の言葉にも気もそぞろになる。そわそわしつつ六時を待って、次のシフトの者と引継ぎをすませてすぐ、直哉は外に飛び出した。

「基継！」

姿が見えない。帰ってしまったのかと思ったが、そうではなかった。裏手からこちらに走ってきた。

「仕事、終わったのか」

安堵に肩の力が抜ける。

「どこ行ってたんだよ」

自然と責める口調になった。

「まだ時間あると思って、そのへん走ってた」

重症だ。子どものときに置き去りにされたことが、自分で思っている以上に根深く残っているらしい。

「走って帰るわけ？」

「当然だろ」

「無理すると倒れるよ。もう若くないんだから」

「抜かせ。こっちは鍛《きた》えてるんだ。おまえより体力あるぞ」

直哉が自転車に跨るや否や、先に基継は走り出した。

後ろを追いかけていく。鍛えていると言うだけあって、結構速い。

「よく走ってるんだ？」

ペダルを踏み込み、追いつくと横に並んだ。

「写真家には体力が必要だからな」

「まあ。そうかもね。遊牧民と生活してたくらいだから——あれ、これは仕事だけじゃなかったっけ」

「おまえ」

ちらりと横目が流される。昔は見なかった、呆れを含んだ目つきだ。

「いちいち突っかかるな。可愛くねえぞ」

「だから！　可愛くてたまるかって言っただろ」

ぐっと足に力を込め、スピードを上げる。

「飛ばすよ」

「くそっ。ちっとは目上の者を敬え」

凍りつくような寒さの中、夜明け前の道をふたりで競って家を目指した。

「うわー、さすがにきつい。おまえ、めちゃくちゃ飛ばすんだもんよ」

玄関を開けてすぐ、靴を履《は》いたままの基継が上がり框に上半身を預けて仰臥《ぎょうが》する。

その隣に直哉も寝転んだ。ついむきになってしまったが、運動不足の身には自転車とはいえかなりこたえた。

「体力があるっていうのは認めるよ」

火照《ほて》った頬に、冷たい床が気持ちいい。じんわりと汗ばんだ身体の熱を冷ますように、直哉は寝返りを打った。

「参ったか」

基継は少年みたいな顔で自慢げにそう言うと、ごそごそとポケットを探って煙草を取り出す。

「吸うか」

煙草を差し出され、直哉も一本抜き取った。転がったまま火をつけ、並んで一服する。

「なーんか、妙な気分になってくるな。まさかこの家で、おまえとこうして煙草を吸う日がこようとは」

一緒に吸うのは二度目だ。一度目も基継は複雑そうな表情をした。

「夢にも思わなかった？」

「ああ、思わなかった」

直哉は基継に顔を向けた。同じタイミングで基継もごろりと体勢を変えたせいで、予想外に至近距離で目が合う。

ほんの三十センチの距離。ふたりを隔てるのは煙だけだ。

一瞬だけ瞳を揺らした基継が、先に視線を外した。

「――中、入るか」

上半身を起こすと、靴を脱いでそのまま立ち上がり居間に向かう。

「基継さ、憶えてる?」

その背を直哉は引き止めた。

「秘密」

基継の足が止まる。微かに上下した肩に戸惑いが見て取れる。

「俺と基継の」

直哉自身はどこか投げやりな気分だった。考えるのは昔のことばかりで、自分がなにを望んでいるのかさえいまは判然としない。

——誰にも秘密。守れるか?

触れ合ったのは唇と、指先。

「憶えてないな」

返答は一言だった。それだけで基継は居間に消える。でも、直哉にはわかってしまった。

憶えていないというのは嘘だ。基継は忘れてなんかいない。いまはっきりと、あのキスを脳裏に浮かべたはずだ。

一度目の乾いたキス。二度目は唇の内側に触れ合って、ふたりとも少し息を乱した。

あれから何度キスをしても、直哉はあのキスを思い出す。

体温を、感触を、煙草の匂いを。

基継はどうだろうか。誰かとキスをするたび、あのキスを思い出しただろうか。

「寒……」

すっかり冷え切った身体を起こす。三和土で煙草を揉み消すと、基継の靴の隣にスニーカーを脱いで部屋の中に入った。

基継は卓袱台に肘《ひじ》を突き、胡座を掻いて、二本目の煙草に火をつけていた。

「いま湯をためてるから、先に風呂入れよ。風邪ひくぞ」

ジャンパーを脱いだ直哉は基継の言葉にかぶりを振り、つけたばかりのストーブの傍に腰を下ろした。

「疲れたからあとにする。基継、先に入っていいよ」

無理したせいか、喉《のど》がひりひりしている。基継は平然とした様子で、朝ご飯の話をし始めた。

「なににするかな。卵焼きでも作るか」

基継のつくる卵焼きは甘い。砂糖たっぷりで、それから、隠し味にしては少々多めのマヨネーズを入れる。

「俺、基継の卵焼き、好きだな」

「そうか?」

おそらく子どもの好みに合わせてくれたのだろうが、いまだに直哉は自分で作るときでも砂糖とマヨネーズの卵焼きだ。少しだけ焦《こ》げ目をつけると、香ばしくておいしい。

基継が腰を上げた。

「先、入るぞ」

そのまま風呂場に向かいかけ、一度立ち止まった。

「そういや、あいつ。なんて言ったかな。昼間会った——おまえと一緒に働いてる奴」

「瀬戸？」

「ああ、瀬戸。瀬戸か」

「なに？　瀬戸がどうかした？」

「いいや。どうもしねえよ」

いったい瀬戸がどうしたというのか、ひょいと肩をすくめて基継は居間を出る。

首を傾げた直哉だが、扉《とびら》の開く音に続いて聞こえてきた調子外れの『愛の讃歌』に、ストーブに両手をかざして背中を丸めた。

「変なの」

——直、風呂入るぞ。

それまではずっとひとりで入っていたのに、基継がいる間はほとんど毎日一緒に入っていた。一日の終わりに、狭い風呂に窮屈《きゅうくつ》な思いをしてふたりで入るのが愉《たの》しみだった。

父親のいない直哉は男の裸を当然見たことがなくて、最初はまじまじと観察したことを憶えている。

――ちんちんがでかい。すげえ、基継。

無邪気《むじゃき》にもそう言って瞳を輝かせた自分に、基継は「わはは」と高笑いをした。

――羨《うらや》ましいだろ～。おまえもそのうちでかくなるさ。ま、俺ほどじゃないかもしれないがな。

――いつ？　いつになったら基継みたくなる？

――そうだな。

基継は目を細め、直哉の髪を撫でた。そして、それまでのおどけた口調とはまったくちがう、穏やかな声でこう言った。

――直に、大事なひとができたとき。守りたい誰かが現れたとき、かな。

――ふうん。

直哉はそのとき、もやもやとした厭な気分になった。

――じゃあ、基継はいるんだ。守りたい大事な誰かが。

――いるよ。

即答だった。

基継にはわずかの迷いもなかった。

――俺はなんでもする。大事なひとを守るためなら。

それから先は聞かなかったが、胸のもやもやは一気に大きくなった。咄嗟に頭の中に浮かんだ志津子の顔を、想像の中で黒く塗り潰《つぶ》すほどに。

——ちんちんなんて、でかくなんなくていい。

そんなふうに返したのは、たぶん志津子への嫉妬《しっと》のせい。あのときはまだよくわからなかったけれど、基継を奪われたような気持ちになったのだろう。

大事だと言っていたのに、志津子との間になにがあったのか。なにかあったから基継は出ていったにちがいなかった。結局、自分なんて、志津子の付録に過ぎなかった。

そんなあたり前のことをいまさら考える。

簞笥の上の位牌に目をやる。

母ひとり子ひとりの直哉は、志津子が死んでから天涯孤独の身になった。志津子がこの家を遺《のこ》してくれなかったら、住むところにも困ったはずだ。

いまだ大きな志津子の存在。

普通の親子よりは希薄な関係だったが、直哉にとって志津子の存在はけっして小さくない。

基継の父親が山に取り憑《つ》かれて家庭を顧みなかったというなら、志津子は商売にかまけて息子《むすこ》を顧みなかったと言っても間違いではなかった。

ようするに、基継と直哉は寂しい者同士だったのだ。お互いの孤独をお互いで埋めることに夢中になって、束の間、家族ごっこに浸《ひた》り切った。

志津子を中心にして。

直哉と基継の間には、常に志津子の存在があった。

志津子は直哉にとって特別だ。死んでしまってからさらに印象が強く、鮮明になってきた気がする。

母であり、唯一の身近な女であり——基継の女でもあったであろう志津子。

邪魔するでも味方するでもなく、ただそこにいただけだったが、もしかしたらいまでも変わってないのかもしれないとすら思う。

「直、空いたぞ」

タオルで髪を拭きながら基継が姿を見せた。昨日買ったばかりのパジャマの下だけを穿《は》いて、まっすぐ卓袱台に近づくと煙草を拾い上げる。

火をつけてすぐ、咥え煙草で台所に入った。

「適当に作っとくから、早くおまえも入ってこい」

鍋《なべ》を出す音がして、やがてまた『愛の讃歌』が聞こえ始める。

ストーブに手をかざしたまま直哉は、しばらく基継の裸の背中を眺めていた。

大人になったら、子どものときに大きく見えていたものが案外小さかったと知るはめになるのが普通なのに、基継の背中は、昔直哉が知っていたものよりももっと大きく、逞しく感じる。それはたぶん『写真家は体力だ』と言った言葉と無関係ではないだろう。

この十年、直哉の知らない場所で直哉が生きてきたのだと実感する。

「それ、どうしたの？」

直哉は左肩を指差した。

「それって？」

鍋と格闘しながら、振り向かずに基継が問い返す。

「肩の、傷痕《きずあと》」

基継の左肩から腕にかけて、裂傷《れっしょう》の痕があった。いまは引き攣《つ》れて見えるそれは、かなりひどい怪我だったにちがいない。

「ああ、これか」

基継は自分の肩を一瞥《いちべつ》すると、

「山で足を滑らせて、谷底に転落したときのものだ」

なんでもないことのように答える。それから、

「これですんで、本当運がよかった」

軽い口調でつけ加えた。

「死んでもおかしくなかったからな」

笑い混じりで言われても、同意する気にはなれない。大怪我は、基継を山から遠ざける理由にはならなかったということだ。

「基継は登山家じゃないのに、なんで山に行くわけ？　そんな怖い思いまでしたのに」

昔からずっと聞きたくて、聞けなかった。基継がどう返答をするか、少しも想像できない。

「山を撮るのが仕事だからな」

拍子抜《ひょうしぬ》けするほどいともあっさり答えが返る。だが、直哉が聞いているのはそれではなかった。

「じゃ、どうして山の写真を撮る？」

恨んでいる父親の代わりか。父親の足跡を辿《たど》っているのか。

基継は黙っている。もしかしたら基継自身わかっていなくて、それを知るために山を撮り続けるのだろうかと、ふと直哉はそんなことを思う。

できあがった卵焼きを皿にのせ、基継が居間に戻ってきた。しかめっ面で卓袱台に皿を置くと、短くなった吸いさしを灰皿で捻《ひね》り消した。

「俺にもよくわからない。けど、俺が親父を恨んでいたのは本当だ。子守唄《こもりうた》代わりに、お袋から父親への恨み言ばかり聞かされて育ったからな。まるで呪《のろ》いの言葉だ。怖い話だよな。物心ついたときには父親への憎しみを植えつけられていたんだから。人間不信になったって仕方がない」

基継の口から母親の話が出るのは初めてだ。もっとも父親にしても二度目なので、真意が読めないのは当然だった。

たっぷり間を空けてから、基継が先を続ける。

「山は俺にとって呪縛《じゅばく》も同然だ。なにせ両親揃って、山に憑かれてたわけだから」

笑い飛ばす、その声もどこか苦い。

「たぶん親父は、町では生き難《にく》い人間だったんだろう。家にいるときも、ほとんど山に登るための資金を掻き集めているようなもんだった。自分の居場所を探していたのか、それとも死に場所を探すために山に登っていたのか、俺にはわからねえが」

けれど、基継の声にも顔にも、昔のような嫌悪感はないような気がした。それとはべつの、苛立ちのようなものが見え隠れする。

十年の歳月が、基継の中でなにかを変えたのかもしれない。

「俺はたぶん――」

また言葉が途切れ、唇を引き結んでから、基継はぽつりとこぼした。

「たぶん、親父の選んだ場所がどんなところなのか、この目で確かめたくて山に行くんだろうな」

どう答えていいかわからない。自分が踏み込んでよかったのかどうか――質問しておきながら後悔がよぎる。

「……ごめん」

思わず謝ると、大きな手が伸びてきて、くしゃりと髪を撫でられた。

「直が謝ることじゃない。俺にとって厭な思いしかなかった山が、おまえと一緒だと単純に愉しかった。おまえが俺の山に対する嫌悪感をやわらげてくれたんだ。だから直には感謝してるくらいだよ――憶えてるか？　ふたりで山歩きしたの」

「……憶えてる」

忘れるわけがない。基継はカメラを抱えて、直哉はおにぎりと水筒を持って、天気のいい日にふたりで何度か山歩きをした。

野の花を、舞う蝶《ちょう》を、緑茂る木々を。

空を流れる雲と、地に吹く風と、青葉の匂いと一緒におさめたのだ。

基継は写真に。直哉は胸に。

あのときの基継は、心から山を愉しんでいるように見えた。

「だから、俺にとっちゃ直は――そうだな、天使みたいなもんだった。それにしちゃ、ちょっとひねた天使だけどな」

ふっと基継の目が細められる。

「なに、言ってるんだよ」

天使なんてなんの冗談だと笑ってやろうとしたが、できなかった。

「……母さんは」

代わりに志津子の名前を持ち出す。

「母さんは基継にとっては、なんだった？」

子どもの頃は考えないようにしていた。でも、基継がいなくなってからは、何度となく考えていた。基継と志津子はどんな関係だったのかと。

「志津子か」

基継が口許を綻《ほころ》ばせる。優しい表情で、志津子の名前を口にする。

「志津子は、俺には特別な女だよ」

その言葉に嘘がないことなど、確認するまでもない。思わず目を伏せた直哉は、息苦しさを覚えて胸に手をやった。

志津子の存在の大きさをいまだ思い知らされる。

――じゃあ、基継はいるんだ。守りたい大事な誰かが。

――いるよ。俺はなんでもする。大事なひとを守るためなら。

やっぱりあれは、志津子のことだったのだろう。

今朝の卵焼きはまるで砂でも噛んでいるようで、少し苦い味がした。


翌日。コンビニの仕事が休みだったので、納戸の掃除をし終えた基継と一緒に、午後から暗室に必要なものを買いに出かけるつもりだった。

が、出がけに電話がかかってきたせいで急遽《きゅうきょ》予定を変更せざるを得なくなった。かけてきたのは、瀬戸だ。なにか悩み事でもあるのか、めずらしく瀬戸の声が深刻だったため、断ることができなかったのだ。

出かけられなくなったと伝えたとき、基継から返ってきたのは思いもよらない答えだった。

——そいつ、よく来るのか。ここに。

直哉は変だなと思いながら、首を左右に振った。

瀬戸はやけに基継を気にしていたが、どうやら基継も同じらしい。

——なら、日を改めよう。

買い物の予定自体をキャンセルした。

馬が合わないらしいふたりをわざわざ鉢合《はちあ》わせにする必要もないと思い、自分だけ残ると言っても、基継は考えを変えなかった。

「でも、相談っていうくらいだし、基継に聞かれたくない話かもしれないんだけど」

瀬戸への配慮というより、基継の様子が気になった。二、三度顔を合わせただけなのに、なぜか基継は瀬戸をあまり気に入らないようだ。

「納戸にいる。話は聞かねえよ。それなら構わないだろ?」

普段なら、気に入らないならはっきり口にするだろう基継がやけに物分かりがいいのも引っかかった。

「けど、寒いよ」

これにも笑顔が返る。

「寒いのは慣れてる。山に比べりゃ、地上は楽園だ」

それ以上なにも言えず、どこか変だと首を傾げつつも直哉は頷くしかなかった。

瀬戸は約束どおり一時にやってきた。バイクを軒先《のきさき》に停め、ヘルメットを小脇《こわき》に抱えて格子戸をくぐると、ぐるりと目を一周させた。

「うわ。羽田って一軒家に住んでるとは聞いてたけど、すごいなあ」

すごいというのは、もちろん立派という意味ではない。古くからの住宅地の中にあっても、とりわけ古い日本家屋だ。

「いまどき樋《とい》とかついてる家って、あんまりないんじゃないの」

「そうかも。なにしろボロ家だから」

「なんか出たりして」

玄関で靴を脱ぎながら瀬戸が無邪気に笑う。

「出るかもなあ」

答えたのは基継だった。いつの間にか直哉の後ろにいた基継は、いらっしゃいと瀬戸を迎え入れる。

「お邪魔します」

瀬戸は上目で基継を見る。あんたがどうして顔を出してくるんだとでも言いたげな視線に見えて、直哉ははらはらした。

基継も変だし、瀬戸も変だ。

基継はすぐに納戸に引っ込んだが、顔を見せただけというあたりが、かえって牽制《けんせい》のようにも思える。

「あ……こっち」

気まずい空気を払拭《ふっしょく》したくて、直哉はことさら明るい声で瀬戸を居間へ招いた。あとで基継には文句を言ってやるつもりだった。

「そこ、座って」

卓袱台の真ん中に灰皿が置いてある。納戸にいる基継は、いま頃空き缶を灰皿代わりにしているのだろう。

「なんだか、迫力あるひとだね。俺、嫌われてんのかな。睨まれた」

「そんなことないよ」

台所でやかんを火にかけた直哉は、慌てて否定する。

「愛想は悪いけど、基継はそんな簡単にひとを嫌うような人間じゃないし」

とはいえ、今回ばかりは自信がなかった。基継が簡単にひとを嫌うような人間ではないというのは事実だが、瀬戸に対してはちがって見える。

「あの、で、俺に相談って」

話題を変え、インスタントのコーヒーをふたつ作った直哉は卓袱台の上に運んだ。暖を取るように両手でマグカップを包み込んだ瀬戸は、ちらりと廊下へと視線をやると肩をすくめた。

「あのひとに聞かれているのかと思うと、ちょっと言いづらいな。あんまりこういうことって、言いふらすもんでもないから」

「基継は納戸にいるから、大丈夫」

直哉の言葉に安心したのか、コーヒーを一口飲んでから瀬戸は口火を切った。

「俺、望月に告られたんだよ」

「ああ」

なんだと拍子抜けしてしまった。直哉にしてみれは、望月が瀬戸を好きなのはいまさらだったし、瀬戸が相談なんて改まって言うから、なにか自分にも関係していることなのかと緊張していたのだ。

「悪い気はしないけど、やっぱりこういうのはまずいだろ？　同じ職場で気まずくなりたくないし」

「え……」

意外な一言に瀬戸を窺う。

「なに?」

「いや……もしかして断るとか?」

すぐには答えがなかった。しばらく黙り込んだ瀬戸は、ため息混じりで口を開いた。

「断るよ。断るに決まってるじゃん。なに? 羽田は俺が承知すればいいと思ってるんだ?」

「……いや、ていうか」

確かに承知してくれれば自分に対する風当たりも多少弱まるのではという期待はあるが、どっちでもよかった。他人が首を突っ込むことではない。

ちぇっと、瀬戸が舌打ちをする。

「なんだよ。俺が望月とつき合えばいいとか、羽田は思ってるわけだ」

「え……そういうわけじゃないけど」

「まあ、いいよ。つまりさ、気まずくならないように断るには、どうすればいいかなとか、これでも真剣に考えてるんだ」

「あ……うん。それは——そうだね」

望月の顔が浮かぶ。苦手な相手であっても、これに関しては同情する。誰だって好きなひとに拒絶されるのはつらいだろう。

「でも、そういうことなら、俺はあんまり役に立たないかも」

他人にアドバイスできるほど恋愛事に長《た》けているわけではない。過去にたったふたりだ。

しかも相手は男で、二度とも失敗している。

「羽田を言い訳にしてもいいかな」

「――え」

一度卓袱台に落とした目を、瀬戸に向ける。

「いや、だから休みの日に遊びにいこうって誘われてるんだけど、羽田と約束してるからって、断ってもいいかな」

一瞬、返答に詰まった。これ以上望月に嫌われたくないと思ったからだが、厭だと固辞するのも気が引ける。

「まあ、そういうことなら、べつに構わないけど」

「本当に？」

瀬戸が念押ししてくる。

「……けど、また誘われたら、どうするわけ？」

そう何度も同じ理由は通用しない。適当にはぐらかすより、その気がないとはっきり伝えたほうがいいような気がする。

瀬戸は、意味ありげな上目を流してきた。

「羽田と約束があるって言う」

「……それは」

返答を先延ばしにしてもいいことはないだろう。相手は期待が長引くぶん、拒絶されたときのショックが大きくなる。

ひたすら待ち続けて、もう基継が帰ってこないと悟ったとき、直哉は言葉では言い表わせないほど落ち込んだ。

「よくないよね。そういうの」

瀬戸が軽く二、三度頷く。

直哉も同意した。

「でね。俺としては、嘘にならないように本当に羽田と遊びにいきたいんだけど」

「…………」

まったく予期していなかった展開だった。てっきりちゃんと断るという話になると思ったのに、瀬戸の真意は他にあるようだ。

黙っていると、さらに瀬戸は言葉を重ねていった。

「せっかく同じシフトで、仕事場だけのつき合いっていうのも寂しい気がしない？」

「でも……俺は」

答えあぐね、目を瞬かせる直哉に、瀬戸が大丈夫だと言う。

「べつに羽田を悪者にするつもりはないよ。望月には俺、ちゃんと断るし」

「だったら——」

言い訳は必要ないのでは、そう言いかけて気づいた。瀬戸が望月の話を出したのは、単なるきっかけでしかないのだ。

「――気づいてくれた？」

照れくさそうに瀬戸が頭を掻く。自分が同性愛者だという自覚はあるが、まさか瀬戸もそうだとはいまのいままで考えたこともなかった。

「うん……と思う」

「どうかな」

返事を求められて、過去につき合ったふたりの顔よりも、真っ先に基継の顔が頭に浮かんだ。無意識のうちに納戸へ視線を流していた。

「あのひとが、気になる？」

瀬戸の問いかけに慌てて目を戻すと、思いのほか真摯《しんし》な双眸とぶつかった。

「あのひとがいるから、俺の誘いは受けられない？」

「………」

反射的にかぶりを振る。

「そんなこと、あるはずない」

基継は関係ない。直哉がいままでつき合った男とも関係なかったし、今度ももちろん無関係だ。

「そうかな」

「そうだよ。だいたい基継は——」

自分よりも志津子のほうが大事なのだ。志津子のためなら、なんだってできるくらいに特別だと言ったのだから。

「瀬戸こそ、なんで俺に……瀬戸なら他にいくらでも相手はいるのに」

直哉にしてみれば正直な気持ちからだったが、確かにデリカシーのない問いかけだった。

瀬戸は不満げに唇を尖《とが》らせた。

「他の奴がよければ、そいつにするよ。俺は羽田がいいと思うから、羽田とつき合いたいんだけど」

「…………」

やっぱり瀬戸は格好いい。瀬戸みたいな人間がどうして自分なんかを気に入ったのか不思議になる。

「考えてくれるかな」

しかも、ちゃんと直哉の意思を尊重してくれる。瀬戸みたいにいい奴はきっと今後も現れないだろう。

「……うん」

基継の顔を頭から追い出し、直哉は頷いた。

いいかげん基継に結びつけて考える癖《くせ》をやめなければ。卒業するにはいい機会だ。

「いきなりでびっくりしたけど、瀬戸だったらいいよ」

「マジで？」

瀬戸はぱっと瞳を輝かせる。その嬉しそうな顔を見て、もう直哉は後悔し始めていた。

瀬戸だったら——とか言っておきながら、心の隅ではどうせ過去のふたりと同じになると思っているから。

基継がキスしかしてくれなかったせいで自分はきっと一生キス止まりで、それから先の経験はできないまま年寄りになってしまうにちがいない、なんてめちゃくちゃだとわかっていることを本気で考えているから。

いったい自分はどうしてこんなにも基継を引き止めたいのだろう。引き止めて、一緒に住んで、どうしようというのか。

たったいま基継には結びつけないと決めたはずなのに、結局、同じところで堂々巡りしてしまう。

「だったら、天気いいし、いまからデートしない？」

デートという単語に、ちくりと胸が痛む。罪悪感だと自分で気づいていた。

「——いまから？」

「うん。俺バイクで来てるから、一時間だけ流すっていうのは、どう？」

笑顔の誘いを、戸惑いつつも承知する。

「よし。決まり」

指を鳴らした瀬戸が、善は急げとばかりに立ち上がった。

「あ、ちょっと待ってて」

直哉も腰を上げ、居間を出る。

「基継」

中の様子を窺いつつ、納戸の引き戸を開けた。

窓のない、裸電球ひとつの明かりの中、基継は煙草を吸いながら本のページをめくっていた。

いや、本ではない。ノートのようだ。よほど夢中になっているのか、直哉が声をかけたことにも気づかない。

「基継」

もう一度声をかけると、顔を上げた基継はすぐさまそれを閉じ、背後にやった。

「どうした？　もう彼は帰ったのか？」

隠したとしか思えない様子だ。

「まだだけど――なに見てたの？」

不審に思い、基継の背後に意識を向ける。

基継は不自然なほど平然と応じた。

「べつに。それよか、俺になにか用か？」

気のせいではない。やはり隠したのだ。むっとしながら、直哉は切り出した。

「じゃなくて、これから瀬戸と出かけてくるって言いにきたんだ」

「彼と？」

基継の眉がぴくりと上がった。

「どこに？」

「さあ。バイクでちょっとそのへんって話だから、すぐ帰ると思うけど」

基継には関係ないと言外に告げる。どうせ基継だって、隠し事しているくせにと。

「それだけだから」

そっけない一言で納戸を出た直哉は、自分のおかしさに気づいていた。いや、おかしくなったのはいまではない。昨日、志津子の話をしたあたりから苛ついている。

でも、基継にしても瀬戸が絡むとおかしいので、お互い様だろう。

居間に戻った直哉に、瀬戸がひょいと肩をすくめた。

「お許しは出た？」

「べつに許しをもらいにいったわけじゃないよ」

揶揄《やゆ》するような口調が癇《かん》に障《さわ》り、思いのほかきつい返答になる。

瀬戸は気にした様子もなく、なおも神経を逆撫《さかな》でするような言葉を連ねる。

「そう？　わざわざ断りにいくから、てっきり彼の許しがないと羽田は外にも出られないのかと思った」

「なにそれ。そんなわけないだろ」

苛々する。一度は承諾したものの、これから出かけるのも億劫《おっくう》になってくる。

「同じ家で暮らしてるなら、出かけるときは一応伝えるのが普通じゃないか。でないと待ってるほうが心配する」

瀬戸に説明しながら、自分の台詞が、昔基継に忠告されたことだと思い出す。基継の言葉には、『伝える』の前に『家族』が必ず入っていたが。

いまから考えると、あの二年間は家族に飢えていた者同士の、ままごとみたいなものだったのだろう。

直哉は基継に兄と父性を求め、基継は直哉に弟の役割を当てはめて。

家族でないことくらい、基継も、子どもの直哉ですらきっとわかっていた。だからことさら家族にこだわった。

なんて滑稽《こっけい》なのかと笑えてくる。

「ま、いいけど。どっちにしても出かけられるんなら」

先に玄関に向かった瀬戸の後ろに、気乗りしないまま黙って直哉もついていった。

外へ出てすぐヘルメットを手渡される。

「じゃ、行きますか」

二五〇CCのバイクに跨った瀬戸に倣い、タンデムシートに跨った直哉はヘルメットを被った。

エンジンがかかる。

瀬戸のジャンパーに軽く摑まると、

「もっとしっかり」

瀬戸の手で、腹に両手を回す体勢にさせられた。

なんだか恥ずかしい格好だなと躊躇したのも一瞬で、走り始めると気にならない。どのあたりまで行くのか確かめていなかったが、行き先はどこでも同じなので、直哉はぎゅっと摑まり直した。

しばらく公道を走っていると、冷たい風に潮の香りが混じり始める。どうやら瀬戸は海岸に向かっているようだ。

基継なら絶対に山だ。もっともバイクになんて乗らず、麓《ふもと》まで電車でそれからは徒歩。くたくたになるまで山歩きをして、また電車で帰る。山での出来事を話しながら。

そんなことを考えているうちに、目的地に着いた。

路肩にバイクを停めてヘルメットを脱ぐと、頬に当たる海風がことさら冷たく感じられたが、頭を冷やすにはちょうどよかった。

「ちょっと座ろうか」

瀬戸に誘われ、堤防に乗り上がり、並んで腰を下ろす。夕闇の迫っている空を眺める傍ら、瀬戸がふっとほほ笑んだ。

「悪かったな」

謝られる理由に心当たりがなく、ばつの悪そうな横顔を窺う。

「じつはあの……興津さんだっけ？　あのひとと羽田のこと、ちょっと邪推してたから、変に絡んでしまった」

「……邪推？」

首を傾げた直哉に、瀬戸は苦笑し、鼻の頭を掻いた。

「だから、羽田の男かな、なんて」

「――――」

返事ができなかった。どんな反応をすればいいのかさえわからず、唇を引き結ぶ。

「じつは昔の男で、よりが戻ったのかな、とか……まあ、いろいろと」

瀬戸は冗談のつもりだろう。ははと笑うが、直哉は到底合わせる気になれなかった。

「基継と……俺が」

あり得ない。考えたこともなかった。

「基継は、だって、母さんの——」

先の言葉を失う。

なんだったのだろうか。

たとえば世間的に言うなら、ヒモだったのかもしれない。でも、直哉自身は、志津子よりもよほど直哉のことを気にかけてくれた基継をそんなふうに思ったことは一度としてなかった。

変と言えば変だ。基継もヒモだったのなら、もっとヒモらしく、直哉なんて放っておけばよかったのだ。一緒にご飯を食べ、遊び、勉強を教え、山歩きに連れていき、躾け、叱り、お風呂に入り、眠り——そんなことをする必要なんてなかった。

そう言えば、あれはいつだったか。

夜中に目を覚ましたとき、隣に基継がいなくて、直哉は姿を求めて真っ暗な居間に行ったことがある。

ほろ酔《よ》いで仕事から帰ってきた志津子が、基継と卓袱台を挟んで話し込んでいるのを薄く開いた襖《ふすま》の隙間から見た瞬間、ひとりだけ仲間外れにされたような疎外感に襲われ、声もかけずに布団に戻った。

しばらくして基継が布団に戻ってきたときも、起きていたけれど寝たふりをした。拗《す》ねていたのだ。

でも、そんな意地なんてあっという間に消え去った。

――直。

基継が優しい声で直哉の名前を呼んで、髪を撫でてくれたからだ。

「羽田、聞いてる？」

耳元で声がして、過去に思いを馳《は》せていた直哉は我に返る。訝《いぶか》しげな視線に、ごめんと謝った。

「急に黙り込んで――興津さんのことでも考えてた？」

図星を指され、かぶりを振る。

「……べつに、基継のことなんて」

だが、瀬戸はごまかされなかった。

「羽田がそうやって親しげに何度も名前を呼ぶから、俺が邪推してしまうんだよ」

混乱する。たぶん、自分と基継の関係があやふやだからだろう。なんと呼べばいいのか、はっきりしないから迷うのだ。

自分にとって基継は、どんな存在なのか。改めて考えてみる。基継にとって自分はいったいなんだったのだろう。

志津子によって引き合わされて、志津子で繋《つな》がりを持っていた基継と自分。

志津子よりずっと長く一緒にいて、濃密な時間を過ごしたのは間違いない。

――秘密な、いまの。

――誰にも秘密。守れるか？

基継がそう言ったから、直哉は誰にも話さなかった。いや、秘密のキスをしたがったのは、むしろ自分のほうだった。

それなのに、ある日突然、基継は直哉の前から姿を消したのだ。

「キス――してもいい？」

「えっ？」

突然の展開に、思わず直哉は身構える。

ごめんと謝ってきた瀬戸だが、撤回《てっかい》はしない。

「なんかいま、してほしそうな顔してたと思ったんだけど……俺の勘違い？」

「…………」

答えられるはずがない。昔のことを思い出していたと言ったら、また瀬戸は基継との仲を疑うような台詞を浴びせるに決まっている。

「なあ、羽田。キス、していい？」

黙り込んだ直哉に、瀬戸はまたそう言い、それから少しだけ肩を押しつけてきた。

「駄目？」

「……いいけど」

キスくらい、過去にも経験済みだ。わざわざ断ってもらうほどのものでもない。

近づいてきた瀬戸の顔を見つめる。寒いせいなのか、頬が少し紅潮している。睫毛は長めで量もたっぷりしている。鼻筋は通っていて、望月が夢中になる理由もわかる。

観察していると、唇にやわらかい感触があった。

「目、閉じないの？」

「あ、ごめん」

催促《さいそく》されて急いで目を閉じる。が、完全に瞑《つぶ》ってしまうのは心もとないので、薄目を開けておいた。

「口は開けてほしいんだけど」

瀬戸の要求に、戸惑いながらも直哉は唇を解いた。すぐにぬめっとしたものが入り込んできて、それが瀬戸の舌だと、数瞬遅れて認識する。

直哉は瀬戸の肩を押し返した。

「なに？　厭だった？」

かぶりを振る。厭なわけではない。

「でも、俺、あんまりこういうの、慣れてないから」

過去のふたりのようにまた駄目になるかもしれない。そう思った直哉だが、意外にも瀬戸は機嫌を損ねることなく、にこりと笑った。

「そんな感じがしてた。たぶん、羽田は経験少ないんじゃないかって」

どうやら瀬戸は、経験不足による羞恥心《しゅうちしん》や躊躇《ちゅうちょ》から中断したと思ったらしい。経験が少ないのは事実だが、恥ずかしかったわけでも躊躇ったわけでもなかった。

「聞いていい？」

言い難そうに切り出され、訝しみつつ頷く。

「羽田って、もしかしてまだ未経験だったりする？」

「――」

不躾な質問に、一瞬、返答に詰まる。

「あ、いい。なんとなく予想ついたから」

どうやら直哉の戸惑いを肯定と受け取ったのか、瀬戸はその後も終始笑顔だった。

ばかにされたわけではないとわかっているが、直哉にしてみればあまりいい気はしなかった。セックスする機会がなかったわけではなくて、できなくて仕方なく――なのだから。

「寒い。帰ろう、瀬戸」

直哉は腰を上げ、堤防を飛び降りる。

「ああ、さすがに寒いね」

ふたたびバイクに乗って、来た道を戻った。家の前に着いて、ヘルメットを脱いで手渡そうとした直哉の手首を、瀬戸が摑んできた。

身構える隙もなかった。誰もいなかったとはいえ、往来でキスされる。

「瀬戸」

思わず抗議すると、瀬戸がはにかんだ。

「普通に見えるかもしれないけど、これでも俺、結構舞い上がってるんだ。断られる覚悟、できてたし」

「…………」

文句を言うどころか、罪悪感でちくりと胸が痛む。瀬戸はいい奴だが、同じ気持ちを持てないのは自分が一番わかっていた。

「じゃあ、明日」

「――じゃあ」

走り去るバイクが見えなくなるまで見届け、直哉は格子戸を開けた。鍵はかかっていなかった。玄関で靴を脱いでいると、基継が奥から顔を出してきた。

なんとなく目を合わせづらいのは、たぶん瀬戸とキスしたせいだ。自分の唇に意識が向かい、何度か歯を立てた。

「寒かった」

言い訳めいた言葉とともに、基継の傍を通り過ぎる。

「海か」

擦《す》れ違いざま、基継がそう言った。

「なんで？」

どうしてわかったのか。不思議に思い、足を止める。

すいと伸びてきた手が、直哉の髪を一束《ひとたば》抓《つま》んだ。

「髪に、潮の匂いがついてる」

「……あ、そう」

返事をする声が微かに上擦り、心中で舌打ちをする。

基継に髪を触られるくらいなんでもない。子どものときも再会してからも、何度も触られた。が、なぜかいまはこれまでとはどこかちがった感じがして、その事実に直哉は動揺している。

ついさっきした瀬戸とのキスよりもずっと、直哉を落ち着かなくさせるのだ。

知ってか知らずか、基継は抓んだ髪を指で弄《いじ》っている。

「……基継」

「なんだ？」

「寒いんだけど」

暗に放してと言ったのは、通じたようだ。

「悪い」

一度くしゃりと直哉の前髪を掻き上げてから、手は離れていった。

直哉は居間に入り、ジャンパーを着たままストーブの近くに寄る。

指先が震えていた。寒さのせいばかりではないと、直哉自身重々わかっている。

昔、基継の手はとても心地がよかったはずなのに、いまはそればかりではなくなった。どうしてなのか、なにがちがうのか、考えてはいけない気がした。

「なに、これ」

胸の奥あたりが騒がしい。

さっき基継が触れた髪を自分でも触った直哉は、自身の心情を量りかねて自然に眉をひそめていた。


——せっかく天気がいいし。

基継がこう言って誘うのは、決まって山歩きだ。

おにぎりの中身は「おかか」と「こんぶ」、毎回同じだ。しかも、ひとつのおにぎりに両方入っている。

水筒と、基継はカメラも持っていった。

おまえは特別だと、いつもの台詞を口にしながら直哉にレンズを向ける。

——変なとこ撮るなよ。

おにぎりに齧りついているところや石に躓《つまず》いて転んだところや、よりにもよって格好悪いときばかりを選んで撮る基継に抗議しても、返ってくるのは笑顔だ。

——変じゃないさ。直はいつも可愛い。

——そういうこと言うんなら、もっと格好いいとこ撮ってよね。

目的地があるわけではないから、気が向くまま歩くだけ。

風の音、基継と直哉が地面を踏む音。小鳥のさえずり。

そこには自然と、基継と直哉のふたりだけしか存在しなかった。

同じ場所を見て、言葉を交わして、時折手を繋いで。

それから——。

誰も見ていないのに誰かの目を盗むようにして、唇を何度か触れ合わせた。

——これも秘密?

——ああ、約束。俺と直だけの。

——うん。約束。

基継との秘密が増えていくのが嬉しかった。キスの意味を深く考えたことなんてなかった。

なぜなら、キスをして、ふたりだけの秘密を作ること自体が直哉にとって意味のある行為だったのだ。

目が覚める。寝汗を掻いた背中が冷たくて、ぶるりと肩が震える。何時なのか、まだ部屋の中は真っ暗だ。

直哉は、隣に眠る基継の気配を窺った。

暗闇に浮かび上がる横顔。規則正しい寝息が聞こえる。

布団から上半身を起こし、そっと手を伸ばした。昔、ふたりで秘密をいくつも作った唇に、触れそうで触れない位置まで指先を近づける。

あと少しのところで、

「なんだよ」

突然発せられた声に息を呑《の》んだ。そのときになって、自分をじっと見つめてくる双眸に気づく。

「……なんだ。起きてたんだ。びっくりするだろ」

すかさず手を引っ込め、平静を装った。驚いたせいで震えている指先を、上掛けの上でぎゅっと握り込む。

「びっくりしたのはこっちだ。夜中におまえが妙な気配立てるから、目が覚めちまっただろ」

身を起こした基継は、ぼりぼりと首のあたりを掻く。のんきにも見えるその様子に、なぜかむっとした。

「妙ってなんだよ。寝てるのかなって、思っただけだし」

「だったら声かけろよ」

即座に切り返され、そのとおりなので反論に窮する。黙り込んだ直哉を一瞥しただけで布団から出た基継は、襖を開けた。

「どこ行くの？」

「台所。水飲んでくる」

直哉も起き上がり、基継のあとを追いかけた。

「くそ。完全に目え覚めちまったじゃねえか」

基継は一気に水を飲み干し、そのコップに水を注いで直哉に手渡してくれる。直哉は両手で受け取って、ちびちびと飲んだ。

「俺は、この時間って働いてること多いから、休みでもなんか寝づらいんだよね」

「シフト変えろって。昼間働けばいい」

「……そんなこと言われても」

コップを流しに置いて、基継に向き直る。

「夜のほうが時給いいし、夜ひとりでいたってすることなかったしね」

ひとりの夜には慣れている。直哉にしてみれば、空いている時間を有効利用しているにすぎなかった。

基継が眉をひそめる。自分を案じているというのはわかっていても、基継を前にすると素直に喜べない。もやもやとした苛立ちが込み上げる。

「俺、もう子どもじゃないから」

心配なんてされたくない。いつまでも子どもみたいな構い方をされたくない。言外に込めると、直哉の反抗心が通じたのか、基継が頭を掻いた。

「そうか……そうだよな」

困ると頭を掻くのはどうやら癖のようだ。昔は気づかなかった。

「寝るか」

寝室へ戻ろうとする基継を、直哉は呼び止めた。

「基継は――なんでまた、俺とこの家に住んでくれるんだろ」

言葉どおりの質問で深い意味などなかったが、基継の肩がぴくりと揺れる。見ないふりをして言葉を重ねていった。

「俺さ、最近、子どものときはなにも思わずに受け止めていたことが本当はどうだったんだろうって、考えるんだ。俺が子どもだったせいかもしれないけど、それだけじゃなく、基継って結構隠し事多かったのかなって」

昔は考えなくてすんだことが、いまになって引っかかる。

たとえば志津子と基継の関係。どうやって出会ったのかすら、直哉は聞かされていなかった。

それから突然いなくなった理由。

キスの意味も。

基継にとっての自分はどういう存在だったのか。子どもの自分にとっての基継は？　考え始めるとそれだけでいっぱいになり、頭から離れなくなる。

「隠し事？」

基継は直哉の視線を躱し、わざとらしく欠伸《あくび》をした。

「隠し事なんて、べつにないけどなあ」

深刻さのない、あくまで軽い口調だ。でも、今回はうやむやにさせるつもりはなかった。

「俺、憶えてるんだよね。基継、いなくなる前の夜にも、寝てる俺の額にキスしたよね」

「…………」

返事はない。答える気がないのか、答えられないのか。

「夢かとも思ったけど、あれって夢じゃなかった。だって、わかるよ。基継は何度も俺にキスしたから」

髪に、額に、頬に、唇に。あの頃の直哉は、基継にキスされると単純に嬉しかった。

「あのキスはなに？　ただのスキンシップ？　母さんとなにがあったんだよ。それともなにかあったのは、俺のほう？」

感情的になり、声が上擦る。

基継の喉仏が、上下にゆっくりと動いた。そして、小さなため息が洩れる。

「――ちがう。なにもない」

この期に及んでまだごまかそうとでもいうのか。

「俺のこと、まだ子どもだと思ってるんだ」

吐き捨てた直哉に、そうじゃないと基継が首を左右に振った。

「本当にちがうんだ」

そう言ったきり、基継は黙り込む。まるで悔やんでいるかのように口許を歪《ゆが》めるその表情は、初めて目にするものだ。

「問題があったとしたらそれは……俺のほうだ」

表情同様、声音《こわね》もひどく苦い。

「それ……って、どういう意味？　基継と母さんって、本当はどんな関係だったんだよ」

「関係もなにも――」

すぐに否定しようとした言葉をさえぎり、直哉はまっすぐ基継を見つめた。視線が合う。

逃げられないと悟ったのか、基継が大きく息をついた。

「ちょっと待て。煙草持ってくる」

一度居間へ引っ込んでから、言葉どおり煙草を手に戻ってくる。

「俺と志津子の関係、だったか」

ようやくまともに話をしてくれる気になったのか、煙草に火をつけ、煙とともに話が切り出される。

唇を引き結んだ直哉は、なにを聞いてもいいように流し台に腰を預け、基継の言葉を待った。

「――って言っても、本当に説明に困るんだよ。出会ったのは志津子の店の前だ。あの頃の俺はかなり荒れてて、行き倒れのところを志津子に助けられた。たぶん志津子にしても二、三日の情けくらいのつもりだったんだろう。俺もまさか、子どもがいるなんて思わなかった」

そういえば、うっすら憶えている。

ひとりでいることに慣れていた直哉は、突然志津子が連れ帰ってきた基継に戸惑った。喧嘩でもしたのか基継は怪我をしていたが、倒れたのは空腹のせいらしかった。

志津子の用意した食事を基継は布団の上で取り、食べ終わるとまたごろりと布団に横になった。同じ部屋にいても、直哉は一定の距離を保ち口を聞かなかった。

あれは翌日の夜だったか。

——退屈だな。

きっと直哉に聞かせようとした言葉ではなかったのだろう。だが、その声がなぜか直哉には寂しそうに聞こえ、気づいたときには近づいていた。

——なんだよ。

基継が驚くのは当然だ。いままで空気も同然だった子どもが急に手を握ったのだから。

——退屈だって言ったから。

——だったら、なんだよ。

もとより直哉も自分の行動がわからなかった。それでも手を離さず、ぎゅっと力を込めた。ただ、ひとつだけはっきりしている。ひとりで夜を過ごしていた直哉にとって、退屈と寂しいは同意語だった。

おそらく、あの瞬間、寂しい者同士だった基継と直哉の気持ちが触れ合ったのだろう、とそう思っている。基継の手のぬくもりに、直哉自身、胸に温かなものが広がるのを感じていたのだ。

「三日たったら直が思いのほか俺に慣れちまったから、志津子も出ていけって言わなかったんだろうな」

「恋人じゃなかったの？」

「なわけないだろ。金にもなんねえ十八のガキを志津子が相手にするか。俺が追い出されなかったのは、直のおかげだよ。直が俺を必要としたからだ。志津子はおまえを溺愛《できあい》していたから」

溺愛なんて嘘だ。志津子がしたのは最低限の養育のみだった。反論したかったが、話の腰を折りたくなかったのでいまは心中に留める。

「志津子とは直の話ばかり話した。志津子は自分がひとりで生きてきたから、直に不自由な生活をさせないことでしか、愛情を示す術を知らなかったんだ。けど、おまえのことはちゃんと愛していた。だから、朝方になって帰ってきた志津子に、直の話を聞かせるのが俺の役目だった」

「…………」

襖の隙間から覗いた光景が、脳裏で再現される。

けれど、いまさら説明されても俄《にわ》かには信じ難い。それほど直哉にとって志津子は遠い存在になってしまっている。

「つまりは、直を中心に俺と志津子がいたわけだ」

この一言は無視できず、口を開いた。

「『志津子は特別な女』なんだろ？　基継は、母さんのためだったらなんでもするんだよな」

なんでもしてやる。そう言ったときの基継の顔が思い出され、自然に眉根が寄る。反して、基継はふっと表情をやわらげた。

「ああ。志津子は特別だ」

やっぱり。

「けど、俺が守りたい相手は志津子じゃない。俺が守りたいのは——」

「意味わかんない」

かっとして、咄嗟に基継の言葉をさえぎる。これ以上嘘もごまかしも聞きたくなかった。

「じゃあ、誰なんだよ。まさか俺だって言うなよ。だって、基継は俺を置き去りにして消えたんだから」

あのときどれだけ寂しかったか。つらかったか。

「……それは」

基継は渋い顔で口を噤《つぐ》む。それも気に入らなかった。

「なんで黙るわけ？　変だよ、基継。母さんの気持ちは説明できるくせして、自分はどうなんだよ。基継にとって、俺はなんなの？　ぜんぜん教えてくれないじゃん」

「…………」

どこか痛そうな顔をして、基継が直哉から目をそらす。

「なにそれ。基継はいつだってそうだ。肝心なことはなにも言ってくれないんだ！」

黙り込んだ基継に焦《じ》れて、思わず摑みかかった。直後、勢いが余り、足が滑った。

「……あ」

胸倉を摑む前に空を切った両手を、基継自身に支えられる。

「危ねえな」

「…………」

「そそっかしいんだよ、直は」

笑われたが、直哉自身はべつのことに気を取られていた。

ついこの前も感じた、妙な違和感。基継に摑まれた手首が、直哉の中にあるなにかを呼び覚ます。

「直？」

呼ばれた瞬間、基継の手を振り払っていた。

「……あ、ごめん。ちょっと驚いて」

なにかおかしい。でも、なにが？

「平気か」

「……うん」

いくら考えてもわからない。基継に摑まれた手首が疼《うず》き、まるで小さな箱に入れられて蓋でもされたみたいな、気持ちの悪い閉塞感《へいそくかん》に襲われる。

「…………」

この前は基継とのキスのせいかとも思ったが――ちがう。基継はけっして直哉を拘束《こうそく》することはなかった。

なんだろう。とても大事なことを忘れているような気がする。

「いいかげん寝よう」

こきこきと首を鳴らしながら、基継は先に隣室へと消えていった。

直哉は同じ場所に立ったまま、しばらく自分の手首を見つめていた。


「昨日は、ありがとう」

コンビニで顔を合わせたとき、瀬戸が満面に笑みを浮かべて話しかけてきた。

「こっちこそ……」

直哉がキスを思い出したように、瀬戸もそのときのことを思い浮かべたようだ。笑顔に微かな照れが混じった。

「あのさ、今度はもうちょっと遠出しない?」

瀬戸の誘いに、躊躇いつつ頷く。ちくりと胸が痛むのは、いま、この瞬間ですら瀬戸ではなく基継のことを考えてしまうせいだ。

瀬戸とのキスより、基継とのキスを思い出す。

「今度の休みは？」

「……たぶん大丈夫だと思うけど」

奥のドアが開いた。帰ったとばかり思っていたのに、望月が姿を見せる。いまの会話が聞こえたようだ。

「瀬戸さん、羽田さんとどこかへ行ったんですか」

その面差しに滲んでいるのは興味というより不信感だ。

「俺のバイクで、ちょっとね」

笑顔で答えた瀬戸に、望月も笑みを作る。できるだけさりげなく切り出そうという努力が窺えた。

「私も連れてってほしいな。瀬戸さん、今度乗せてくださいよ」

「ああ、ごめん」

望月の顔が曇《くも》る。期待させたくないと瀬戸なりの気遣いだろうが、望月に同情する。瀬戸が直哉と同類なら、望月がどれほど努力しようと無駄になる。

「どうして？　羽田さんは乗せたんでしょ」

ちらりと流された横目に敵意を感じ、直哉は頰を引き攣らせた。瀬戸の返答次第で、今後直哉の職場環境に少なからず影響が出そうだ。

「俺、女の子は乗せない主義なの。運転乱暴なんだよね。女の子に怪我させたりしたら、責任取らなくちゃいけなくなるだろ」

瀬戸のこういうところがすごいと思う。望月が惚《ほ》れるのもしようがない。

「やだ。本当に？」

「本当。だから、男限定。友だちしか乗せないんだ」

客が入ってきた。話を打ち切り、瀬戸と直哉は仕事に戻り、望月は名残惜《なごりお》しそうに帰っていった。

もしかしたら望月は、瀬戸が直哉に抱いている好意を敏感に感じ取っているのかもしれない。それなら直哉にいちいち突っかかってくるのも頷ける。

直哉にしても望月は苦手だが、必死で瀬戸にアピールしている姿を笑うことなどできないし、罪悪感すら芽生える。断る理由がないからと承知した自分より、よほど純粋だ。

「返事、してないの？」

客の切れ間を見計らって、切り出す。

「したよ」

瀬戸がひょいと肩をすくめた。

「けど、まいったな。遠回しすぎて、通じなかったか」

そうじゃないと、直哉は思った。望月はわかってる。わかっていながら、わずかな望みを捨てきれずにいるのだ。

直哉自身そうだった。直哉も、もう基継が帰ってこないと悟ってからも望みを捨てられず、五年待った。

「もう一回、ちゃんと断るよ」

瀬戸の言葉に、頷くことも止めることもできなかった。

「瀬戸は……その、ぜんぜん駄目？」

女の子、と口にしてから慌てて謝る。仕事中にする質問ではないうえ、あまりに不躾だ。

「べつに謝らなくてもいいって」

「でも、唐突だったし」

言い訳すると、瀬戸はやけに嬉しそうに笑った。

「俺、羽田のそういう真面目《まじめ》なところが好きだな」

胸の痛みに、目を伏せる。瀬戸のことは好きだが、自分も同じ気持ちだとは返せない。

「いままで女の子ともつき合ったりしたから、たぶん駄目じゃないと思う。どっちでもいいとか言っちゃうと節操なしみたいだから、厭なんだけど」

「じゃあ、どうして望月のこと……」

余計な詮索と承知で問う。瀬戸、というより望月が気になったのだ。

「断ったかって？　それを羽田が言うかな」

「あ、ごめん」

「うん。いまのは謝ってもらわなきゃいけないな。仕事上がったあと、朝ご飯につき合ってくれるなら、許してあげよう」

瀬戸はいい奴だと思う。望月は見る目がある。いっそ望月とうまくいってくれたらよかったのにと、そんなことを考えてしまう自分は傲慢《ごうまん》で厭な奴だ。

「どう？」

「……わかった」

迷いつつ承知し、途中、朝ご飯がいらないと基継に電話しようと思ったが、寝ている時間なのでやめておいた。

仕事が終わったあと、一度家に帰ると瀬戸に伝えた。

「自転車置いてこなきゃいけないし」

というのを理由にしたが、実際はちがう。昨日のことが気になっていたからだ。

直哉が忘れているなにかを、きっと基継は知っている。知っていながら黙っている。あれから直哉の頭は、そのことでいっぱいだった。

どうして忘れてしまったのか。

基継との二年間を次から次に思い出していく半面、まるで暗示にかかったみたいにそこだけすっぽりと記憶が抜けている。

きっと大事なことなのに。

「じゃあ、俺もバイクでついていくから」

ごめんと謝りそうになり、口を噤む。

どうして瀬戸みたいないい奴が、自分なんかを好きだと言ってくれるのかわからない。もし直哉が瀬戸だったら、絶対に自分のような奴なんて好きにならないだろう。

いつまでも過去を引きずっているようなしつこい奴なんて絶対に。

こっそりため息をつき、コンビニを出ると自転車でうちに帰った。

外から部屋を眺める。どの部屋も電気がついておらず、真っ暗だ。

「あのひと、寝てるのかな？」

ヘルメットを脱いだ瀬戸が、首を傾げた。

「……たぶん、走りにいったんじゃないかと思う」

もしかしてまたコンビニまで迎えにきてくれたのか。玄関に入りながら、引き返したい気持ちになる。

「すぐ出かけられる？」

「ちょっと待ってて。一応メモ残しとくから」

直哉のあとから瀬戸も靴を脱いだ。

「コーヒー飲む？　インスタントだけど」

「お構いなく」

スーパーのチラシの裏に基継への伝言を書く間、すぐ傍で瀬戸は直哉の手許を覗き込んでいた。

『基継へ。友だちと朝ご飯を食べにいく』

昼の買い物をしてくるから、とつけ加えたかったが、瀬戸が見ているのでやめた。

「仲いいんだね」

「そんなことない——っていうか、普通だよ」

卓袱台にチラシを置く。腰を上げようとした直哉の手を、瀬戸が摑んできた。

「……瀬戸」

近づいてきた唇を受け止める。なにをやっているんだろうと、自分が厭になった。

「俺も直哉って呼んでいい？」

「いいけど」

朝からするには少しばかり不似合いなキスに狼狽え、身を捩る。唇から離れた舌が、直哉の首筋を舐《な》めてきた。

「……待って、瀬戸」

止める間にも、瀬戸の手はパーカとその下のシャツをたくし上げようとする。不快感からざっと全身に鳥肌が立った。

「ちょっと触るだけ」

「瀬戸……ごめ……っ、俺は」

直接腹に触れてきた手の冷たさに、身体が震えた。気持ち悪くて堪《たま》らない。

「瀬戸、ほんと……ごめん。俺、こういうの駄目なんだ……っ」

胸へと上がってこようとする瀬戸の手をなんとか阻《はば》もうとするが、うまくいかない。胸がむかむかしてきて、吐き気が込み上げてきた。

「瀬戸……っ」

両手で瀬戸の胸を押す。手首を瀬戸の手に捕えられ、ぎくりと身をすくめた。

「厭なことはしないから――いいだろ、ちょっとだけ」

荒い息が顎にかかり、いまにも吐いてしまいそうだった。堪《こら》えるためにぎゅっと目を閉じたが、状況は悪くなる一方だ。

「直哉」

「厭、だっ」

気持ち悪い。ぐっと喉が鳴った。

「やだ……」

がたがたと全身が震え出す。もうこれ以上我慢できない。胃の中身が喉許までせり上がってきた。

「うっ……」

吐く！　右手で喉を押さえたときだ。ふいに身体の上から重みが消えた。ほっとして目を開けると、そこにいたのは瀬戸ひとりではなかった。

基継だ。

基継が背後から瀬戸の首に腕を回している。普段からは想像もできないくらい冷やかな目をした基継に、直哉でさえ狼狽え、息を呑んだ。

「は……放せっ。苦し……ぐぅうっ」

腕を外そうと瀬戸がもがく。が、基継は弛《ゆる》めるどころかさらにきつく締め上げる。苦しげな呻《うめ》き声が瀬戸の口から洩れても、一切躊躇しない。

「……死ん……じまうっ」

瀬戸が空を掻いた。

「死ねよ」

基継の声は、ぞっとするほど冷たかった。

──死ね。俺が殺してやる。

一瞬、頭の中が真っ白になり、脳裏にいまと同じ光景が、同じ台詞が、洪水さながらに一気に押し寄せてきた。

──死んで償え。

ずっと昔。子どもの頃だ。

いまと同じことがあった。基継が首を絞めているところを直哉は見て、知っている。いまと同じで冷たい目をした基継は本気だった。

「ぐ、ぅぅ、助け……羽……っ」

瀬戸の声に我に返る。

「基継！」

直哉は基継の腕に両手でしがみつき、外させようと必死で引っ張った。

「基継！　もういいからっ。俺は大丈夫。なにもされてないよっ」

だが、自失している基継には声が届かない。

「許せねえ。こいつは直を——俺の直を——」

きっと基継の目に映っているのは瀬戸ひとりではないのだろう。瀬戸と過去の男をだぶらせているのだ。

「駄目だ、基継！　瀬戸を放してっ。基継が瀬戸を殺しちゃったら、俺、どうしたらいいんだよ！」

それがわかるから、必死で叫ぶ。志津子のいないいま、基継を止められるのは自分だけだ。

「泣くよ、俺。哀しくて、死んじゃうかもしれない！」

基継の頬がひくりと痙攣《けいれん》した。冷たい炎を宿した双眸が瀬戸から離れ、直哉へと向けられる。

「基継のせいで、俺、死んじゃうかもしれないって言ってるんだ！　基継はそれでもいい？　俺を見捨てる？」

直後、基継の腕が弛んだ。瀬戸はどさりその場に倒れ、畳の上で咳き込んだ。

直哉は瀬戸ではなく、迷わず基継を抱き締めた。

「基継」

基継の身体の震えが、そのまま激情を表している。ずるずると頽《くずお》れた基継を、いっそうきつく掻き抱く。

基継の腕も、すがるように直哉の背に回った。

「直……直……俺は、おまえを守ってやりたい。そのためならなんでもする。俺の直哉」

許しを請うような悲痛な声には心が揺さぶられ、どうしようもない愛《いと》おしさが込み上げてくる。

「うん、基継。ありがとう。俺、嬉しいよ。子どものときも、いまも、基継は俺のことを必死で守ろうとしてくれたんだよね。俺、思い出した。なにがあったか、全部思い出したよ」

なにもかも明瞭《めいりょう》に記憶がよみがえってきた。

昔、直哉は母親の知人に襲われた。両手首を大きな男の手で拘束され、裸にされて身体じゅうを弄《もてあそ》ばれた。直哉はただ怖くて、声ひとつ上げられずに男にされるがままになった。

そのときも今日のように基継が帰ってきて、男を殺しかけたのだ。

狂ったように基継は男に殴《なぐ》りかかり、首を絞めた。

——俺の直に……おまえはっ。

——こ、殺される……っ。

——殺してやるよ。許せねえ！　死んで償え。

子どもの目にも、基継に殺意があったのは明らかだった。

止めたのは志津子だ。

——やめなさい、基継！　直哉に人殺しを見せる気なの！

志津子のその一言が基継を思い留まらせた。

——全部忘れろ。いいか、直。なにもなかった。今日は俺と山に行って、そんときに足滑らせてちょっと怪我しちゃったんだ。でも、たいした怪我じゃない。すぐによくなる。そうだろ、直。

——基継と、山に？

——そうだ。山歩きして、弁当食って、写真を撮った。

——あの、秘密は？

——そうだな。俺と直の秘密のことも、ちゃんとしたよ。

——うん。

枕許で、基継は行ってもいない山での出来事を一晩かけて事細かに語ってくれ、直哉を暗示にかけた。おかげで直哉は——基継に言われたとおり、レイプされた事実を心の奥に沈めた。

見知らぬ男なんかではなく、基継の言葉を信じた。基継と山に行き、キスをした記憶が直哉にとっての真実になったのだ。

そして、基継は翌日いなくなった。

「基継が、なにに代えても守りたいものって、やっぱり俺のことだったんだね」

直哉の問いに、基継が胸を大きく喘《あえ》がせる。

「おまえは俺の天使だ。つまんねえ男だった俺にひとを愛することを教えてくれた。おまえのためなら俺は、なんでもできる。なんでもしてやる」

「うん。基継」

背後で、瀬戸が立ち上がる気配がする。

「ごめん、瀬戸。本当にごめん」

直哉は基継を抱き締めたままで謝った。

「……信じらんねえ」

瀬戸が掠《かす》れた声で吐き捨てた。

「頭おかしいんじゃないの？　たったこれだけのことで、普通首絞めるかよ」

直哉は頷くしかない。

「瀬戸が正しいよ。基継のほうが変なんだ」

直哉のために、二度も他人を手にかけようとするなんて、普通の人間なら誰でもおかしいと言うだろう。理解してくれるひとがいるはずがない。

それでも、自分だけは基継を責めたくなかった。

「本当にごめんな」

再度謝った直哉に、喉を押さえながら瀬戸が肩をすくめた。

「でも、正しい俺よか、そのひとのほうが好きなんだろ？　羽田は」

返事はしなかったが、瀬戸には通じたようだ。

「なら、しょうがねえじゃん。邪魔者は退散するしかないっしょ」

「……瀬戸」

瀬戸はこんなときでもいい奴だ。やっぱり自分なんかにはもったいない。きっと、基継くらいがちょうどいいのだ。

「うん。ごめん、瀬戸。俺、基継がいいんだ。変でもおかしくても、基継じゃなきゃ駄目なんだ」

もうずっと、子どものときから直哉の世界の中心は基継だった。インプリンティングだろうと傷の舐め合いだろうと関係ない。いまも昔も、基継だからいい。他に理由などない。

この家に引き止めたかった理由なんて、単純なことだった。

基継だから。昔、子どもの直哉を心から慈しみ、愛してくれた基継に、直哉はいまでも愛されたいのだ。

「勝手にすれば」

瀬戸はうんざりしたような顔をして、出ていった。

ふたりきりになり、抱き締めていた腕を弛めると、基継は苦い表情で直哉から目をそらす。が、すべてを思い出した直哉はもう怯《ひる》んだりはしない。

「あのとき……母さんに出ていけって言われたんだ?」

「いや」

震えの止まらない手を振り込んだ基継が、ふと嗤笑《ししょう》を浮かべた。

「俺が言い出したことだ。俺が消えることで、直は完全に記憶をすり替える——そう考えてのことだった。志津子は同意した。ごめんね。私も直哉を守りたいからって言って。きっと志津子はわかっていたんだろうな。俺は直のためにならない」

「……基継」

「本当、ざまあねえよな。二度とおまえの前には現れない約束だったのに、顔見ちまったらどうにもならなくて……怒ってるな、志津子はきっと。そのせいで思い出さなくていいことまで、おまえに思い出させちまった」

すまないとこぼし、心からの後悔を見せる。

「謝るなよ」

直哉は、背に回していた両手で基継の頬を包んだ。

「基継。基継は俺が好きなんだよね」

「直……俺は」

ここまできても煮え切らない基継に苛立ち、強引に視線を合わせる。これ以上うやむやにされるなんて我慢できなかった。

「言い訳とか、ごまかしは必要ない。基継の気持ちだけ教えて」

「――――」

答えが返るまでにたっぷり時間がかかる。舌打ちをしてから、基継はようやく重い口を開いた。

「俺は、駄目だ。やっぱりこのうちに来るべきじゃなかった」

だが、直哉が望んでいた返答にはほど遠い。

「出ていくよ。もっと早くそうすべきだった」

裏切られた気持ちで愕然《がくぜん》としている直哉に追い討ちをかけるつもりか、直哉の手を頬から外すとまっすぐ押し入れに向かい、しまっていたザックを取り出した。

少ない荷物はあっという間にザックにおさまっていく。

どうやら本気らしい。本気で出ていくつもりだ。また直哉を捨てて、自分ひとり去っていくのだ。

「基継は、俺のことより、母さんとの約束のほうが大事なんだ。そりゃそうか。なんと言っても特別な女だもんな」

悔《くや》しさに唇を嚙む。

基継は、まるで直哉の気持ちには気づこうとしない。

「ああ、志津子はおまえを産んで、巡り合わせてくれた女だ。俺には志津子以上の女はいない」

そのくせ志津子志津子と口にして——神経を逆撫でしてくる。大事だから、守ってやりたいから出ていくなんて、どうやって認めろというのか。

「そう。わかったよ。基継はどうしても俺を捨てて出ていくんだ」

上擦った声で問うと、頑なな返答があった。

「どうしようもない」

「だったら」

直哉は身につけていたパーカを頭から抜き、畳に投げ捨てた。その下のシャツも脱ぐ。

「……おまえ、なにしてるんだ？」

よほど驚いたのだろう、基継が目を剝《む》く。その表情を見て直哉は腹が据《す》わった。

「俺さ、基継のせいでセックスができないの。いざコトに及ぼうとすると、気持ち悪くなって吐いてしまう」

「は……吐く?」

顔色が一変する。基継のこういうところは昔から変わらない。大人びて達観しているようにも見える外見に反して、中身は案外潔さに欠ける。

「そう。吐くんだ。基継のせいだよ。基継がキスしかしてくれなかったから、このまま俺、清い身体で人生終わっちゃうじゃん」

だから、基継ひとりが子どもの頃の出来事にこだわり、前へ進むのを怖がっているのだ。

「それは、やっぱりあのときの……」

「ちがう! 基継のせいだ」

いいかげん腹が立ってきて、基継の言葉をさえぎった。

そう。セックスできないのは基継のせいに決まっている。憶えてもいなかった、子どもの頃の出来事のせいであるはずがない。

「だから、セックスしよう」

ジーンズも勢いよく脱ぎ捨てた。寒さに身体じゅう鳥肌が立ったが、最後に残った下着に手をかける。

「わ、わけのわからねえこと、言ってんじゃないぞっ」

思ったとおり基継は激しく狼狽える。自分の着ていたセーターを脱ぐと、ほとんど飛びかかるようにして直哉の身体に巻きつけた。

「わけわからなくない！　出ていくなら、その前にセックスしてけって言ってるんだ。俺のためならなんでもできるってのは、嘘だったのかよ！」

基継の腕を払い、セーターを剝《は》ぎ取る。自棄《やけ》でも脅《おど》しでもなく、いたって真剣だった。

「どうせ基継は俺のことを捨てるんだろ。昔みたいに、振り向きもせずに行っちゃうんだ。俺が、どんな気持ちで待っていたか……もう二度と会えないって自分に言い聞かせるのに、何年かかったと思ってるんだよ。基継、寂しいのかって聞いたよな——寂しいよ。基継いなくなって寂しくて堪らなかった。いまもそう。基継が出ていくって言うから、寂しくてどうにかなりそうだ。基継がいなくなったら、誰が俺のこと守ってくれるんだよ！」

語尾が掠れ、喉がひりひりと痛んだ。

「直」

頰を拭《ぬぐ》われて、それが泣いているせいだとわかった。泣くなんてどうかしていると思うが、涙は止まってくれない。

「直、泣くな。俺なんかのために泣くことはない」

困惑した様子の基継はセーターを拾い、直哉の頭に被せる。どうにかこの場を乗り切りたいというのが見て取れ、なおさら感情的になった。

「基継のためじゃない。悔しくて、泣いてるんだ」

泣きながらセーターをまた床に落とし、基継を睨む。

「……頼むから勘弁してくれ」

基継は頭を抱え、搾《しぼ》り出すような声で懇願《こんがん》してきた。

「俺はおまえに泣いてもらえるような男じゃない。いま、こんな状態になってでも嘘をついた——ああ、そうだ。おまえのために出ていったなんて嘘だ」

どういう意味だ？　怪訝に思ったが、基継の言葉をさえぎりたくなくて口を挟まなかった。

基継は、痛そうな顔で胸を押さえ、途切れ途切れに切り出す。

「……綺麗事《きれいごと》でごまかしたかっただけなんだ。結局、俺はおまえから逃げたんだよ。俺は直が可愛くて可愛くて……欲望に負けてキスして……そうしたら、その先を望んでる自分に気づいた。恐ろしかったよ。自分が。あの男が直にしたことはまさに、俺の欲望だった。俺もあの男と同じなんだよ」

「…………」

「志津子は、たぶんそんな俺に気づいていた。おまえを守ることに関しちゃ、俺と志津子は同志だったはずなのに、俺が志津子を裏切っちまったんだ」

絶望したかのように、基継は大きく息をついた。

「……呆れただろ」

声も震えていた。

「呆れないよ」

直哉にはなんの迷いもなかった。それどころか基継の本心が聞けて、ようやく基継を理解できたような気がして、安堵を覚えたほどだった。

基継が駄目な奴だなんて、とっくに知っている。なにしろ小学生から逃げ出すような男なのだ。

でも、駄目なのは直哉も同じだろう。捨てられてなお、身も心も基継でいっぱいなのだから。

「ねえ、基継」

直哉は、足を踏み出し基継に一歩近づいた。

「基継は俺と他の誰かを比べられる？」

それだけで基継は、びくりと肩を揺らす。

「ばか言え。なんでおまえを他の奴となんか……」

「そうだろ。俺もだよ。俺も基継を他の誰かと同じなんて思えない。基継は基継だから、俺にとっては特別なんだ」

たった二年と言われればそうだ。二年なんて、ひとの人生から考えればあっという間に過ぎていくような年月だろう。

それでも、自分にとって基継と過ごした二年は、他とは代え難い大事な日々だった。あの日々があったから、いまの自分がいると言ってもいいほどに。

「――直」

基継はゆっくりと顔を上げ、泣き笑いのような声で直哉の名前を呼んできた。

「おまえはやっぱり、俺の天使だ。いつも簡単に俺を救ってくれる」

「基継」

残りの距離を詰め、直哉は基継に抱きついた。振り払われても放すものかと思っていたが、今度は振り払われなかった。

しばらくじっと動かなかった基継は、くそっと小さく毒づいた。

「どうなっても知らねえぞ。瀬戸の言ったとおり、俺はおまえに関しちゃ『普通』じゃないんだ」

直哉に、異論があるはずがない。

「基継ならいい。どうにでもして」

「……直」

躊躇いがちな腕が、ようやく背中に回る。待ち望んだ瞬間に、思わず笑みがこぼれた。

隣室に誘ったのは、直哉からだ。押入れから布団を出して敷く間、基継は所在なさげに突っ立っているだけだった。こうなってもまだ迷いがあるというのは、顔を見ればわかった。

布団を敷き終えたあと、直哉は基継に近づき、口づける。

「基継」

それからもう一度、精一杯の想いを込めて基継の名を呼んだ。

このチャンスを逃したくなかった。セックスが重要かどうか知らないが、少なくとも自分と基継にとっては大きなハードルだ。乗り越えなければ、先には進めない。

「憶えているか、直。おまえと初めて会ったとき」

なにを思ってか、基継はいきなりそんな話をし始める。

「退屈だってなんの気なしに言っただけなのに、おまえ、俺の手を握って離さなかったんだ。小さな手で、ぎゅっと握ってた」

「……うん」

よく憶えている。基継との記憶は、どれも鮮明だ。

「子どもがひとりで寂しいんだろうって、俺は最初思っていたけど、そうじゃなかったんだよな。おまえ、俺のこと慰《なぐさ》めようとしてたんだ、必死で」

そう言われればそうかもしれない。その後三日間、直哉は基継に纏《まと》わりついた。でも、やっぱりそれは直哉自身寂しかったせいだと思う。

「三日たって、おまえが『もう退屈じゃない？』って聞いてきて、退屈どころか結構愉しんでる自分に気づいた。だからそう答えたら、直、本当に嬉しそうに笑ったんだ。『もう大丈夫だね』って……あんな笑顔向けてくれたのは、俺には直が初めてだった。本当に、おまえだけだったんだよ」

「うん、基継」

直哉は、こつんと基継の肩に額をのせた。

「でもね、俺にも基継だけだったんだ」

これほど自分だけを見つめてくれたひとは。

あの二年が忘れられなかったのは、基継が二年という年月以上の、何倍もの愛情を与えてくれたからだ。自身が得られなかったありったけのものを、基継は直哉に注いでくれた。

「あの二年間の思い出だけで、俺は生きていけると思ってたんだけどな」

苦笑する基継に、直哉は肩をすくめた。

「せっかく目の前にいるのに、思い出だけじゃつまんないじゃん」

「そりゃそうだ」

躊躇いがちな手が、ゆっくりと背中を辿ってくる。

下着は自分で脱ぎ落とした。すっかり裸になった直哉が震えたのは、寒さのせいではない。

胸が苦しくて寒さなんて感じる余裕はなかった。

基継はぎゅうっと直哉を抱き締めて、ごめんと小声で謝ってくる。

「なんで謝るんだよ」

むっとして直哉は間近にある肩に歯を立てた。

「——いや、なんとなく」

基継らしいと言えばそうだが、いまだ逃げ腰な態度は許し難い。

「謝りながらセックスするって、最低だと思うけど」

一言責めると、そうだなと苦笑いが返ってくる。基継は逃げ腰だから謝ったのではなかった。

「じゃあ、いまの『ごめん』は志津子にだ。『志津子、二度と直には会わないって約束したのに、破ってごめん』。それと、『いまから直にエッチなことするから、それもごめん』。これならいいだろ？」

基継の言葉に、急に恥ずかしくなってくる。基継が「エッチなこと」なんて言うと、妙に生々しい。が、躊躇している場合ではないので、

「まあ……いいけど」

頷いた直哉は基継のシャツの釦《ボタン》に手をかけた。釦を外していく間、基継はじっと直哉を見つめてくる。

あらわになった胸を見ないようにしながらシャツの前をはだけると、その手でジーンズの釦も外した。気が急《せ》いてしまうのはどうしようもない。

「基継は、俺を好きだよね」

それでもこれだけは確かめておきたくて、再度問う。さっきと同じ質問だったが、答えは

ちがった。

基継は目を細め、直哉の鼻先を軽く齧った。

「ったりまえだろ。とうの昔から、俺の愛も情も全部おまえのもんだ」

望んでいたもの以上の告白を聞いて、胸が震える。十年間、ずっとこの一言を待っていたような気すらしていた。

「だったら」

直哉は耳許で、できるかぎり甘い声でそそのかした。

「俺の愛も情も——それから身体も全部、基継にあげるよ」

「——直」

直後、足が畳から浮き上がる。咄嗟に基継の肩にしがみつくと、次の瞬間には直哉の身体はふわりと布団に下ろされていた。

額や頬、顎、唇、口づけが顔じゅうに降る。

「も、基継っ」

「すまん。いまのでネジ飛んだ。もう止まんねえぞ」

「基——あ」

うなじを舐められ、むず痒《がゆ》いような感触に肩が跳ねる。

「あ、あ……やっ」

反射的に押し返しそうになったが、基継は拘束することではなく指を絡めることで制して、いとも簡単に直哉から抵抗を奪う。直哉は基継の手にすがるしかなくなった。

「吐きそうか？」

濡れた胸元で問われ、ぶるりと腰が震える。吐き気どころか、まだキスされただけなのに自分でも戸惑うほど感じていた。

「……なわけ、ないじゃん。けど……なんか、やだ……あ、うぅぅっ」

拒絶する傍から乳首を吸われる。こんな場所を舐めたり吸われたりしたことなんてないから、腰のあたりから込み上げてくる感覚をどうやって逃がしていいのかわからない。

「やだ……ほんと、やっ」

時折当たるざらりとした感触は、たぶん髭だろう。堪らなくなって身を捩ると、基継が熱っぽい声を掠れさせた。

「直……可愛い。乳首、感じるんだな」

「かっ、感じてなんか……っ」

直截《ちょくせつ》な言葉に、頬が熱くなる。けれど、基継はやめてくれない。

「感じてるだろ。こんなに濡らして」

「ひっ」

大きな手のひらでいきなり性器を包み込まれる。軽く擦られて、見なくても勃起《ぼっき》して、しかも濡れているのがわかった。

「あぅっ、あ、あ……基継」

「大人になったんだな、直」

いっそ感慨《かんがい》深げに指摘され、なおさら羞恥心が増す。これでは、ムードどころかデリカシーの欠片《かけら》もない。

「どこ見て、言って……だよっ」

「だって俺のジーンズまで、べとべと」

「や……っ」

「感じる基継って、言って」

必死で我慢していたものの、これ以上は無理だ。

「も……うる、さいっ」

ほとんど半べそ状態で、直哉はぶんとこぶしを振るった。間一髪で基継は避けたが、当たったところでたいした威力はなかっただろう。

「しょうがないじゃん。乳首舐められるのも、ちんこ触られるのも初めてなんだから。これ以上エロオヤジみたく言うならもういい。しない」

もとより本気ではない。ただ、基継の口を閉じさせたかっただけだ。

ふいと横向きになり背中を丸めると、すぐに基継が抱き締めてくる。

「悪かった、直」

何度も謝りながら肩口に唇を押し当ててくる基継に、意地を張り通すのは難しい。

「あんまり直が可愛かったから、ついタガが外れた。もう言わない。だから機嫌直して」

自分のちょろさに呆れつつ、ちらりと横目を流す。

「……絶対に？」

「絶対に。誓《ちか》うよ」

その言葉を聞いて、ガードしていた両手をふたたび基継の背中に回した。

肩の古傷が指に触れる。

山は呪縛だと言った基継。基継の呪縛がどうやったら解けるのか、まだ直哉にはわからないけれど、山に憑かれている基継を受け止めてあげたいと心から願う気持ちは本当だ。

きっとそれができるのは自分しかいない。

「よかった。死ななくて」

思わずそう洩らすと、基継は自身の肩に目をやり、ほほ笑んだ。

「ああ。俺もいまはそう思う」

「――基継」

触れ合う体温に胸が熱くなる。愛しげに口づけられて、涙がこぼれそうだ。

基継の唇は身体じゅうに落ち、どこもかしこも、そうせずにはいられないとばかりに優しく、ときに激しく、直哉の肌の上を這《は》い回る。

「あ、もとつ……あぁ、んっ」

性器を深く咥えられて、あまりの快感に眩暈《めまい》がした。

股《また》の間に頭を沈めた基継の髪に、直哉は指を絡める。みっともない格好をしていると承知で、抗う余裕もなければ、理性も保てない。

「あうぅ……基継、あ、やっ」

後ろまで舐められて恥ずかしくて堪らないのに、直哉を隅から隅まで貪《むさぼ》ろうとする基継にされるがままになった。

「直、直」

「基……い……っ」

『いく』と訴える間もなく、射精する。

「あぁぁ……」

後ろを這い回っていた舌が、最後の一滴《いってき》まで搾り取ろうとするかのように性器に絡み、吸いついてきた。

「あ、あ、も……つぐ、んぅ……」

腹に飛び散った精液まで綺麗に舐め取られて、過ぎた快感に直哉はもう指一本自力では動かせない。思考も視界もぼんやりしてくる。

「なにか、ないかな」

顔を上げた基継が、吐息《とい き》混じりで聞いてきた。

「濡らすもの」

一瞬、ぴんとこなかったが、直哉と自身の手を見比べた基継の視線でようやく意味を察する。とても正気ではいられない会話だと頭の隅で思いながら、

「なんでもいいよ」

と直哉は台所の方向を指差した。

「サラダ油とか、あるじゃん」

潤滑剤を買っておけばよかった。でも、今日こうなるとは予想していなかったから、準備不足はしようがない。

「それでもいいか」

「だから……なんでもいいって」

この後の行為を想像して、緊張からついぶっきらぼうな言い方になってしまう直哉に反して、基継は終始真顔だ。台所へ行ってサラダ油を手に戻ってきたかと思うと、真顔で謝罪の言葉を口にする。

「気持ち悪かったら、ごめんな」

かぶりを振ったものの、股間《こ かん》を伝わるとろりとした冷たい感触には自然に眉根が寄る。

気持ち悪いというより、変な感じだ。ぎゅっと目を閉じてやり過ごそうとした直哉だが、達したばかりの性器を基継の手に擦られて、堪らず膝をすり合わせた。

「あ、あ……」

いままでとはちがう。ぬるぬると滑りがよくなると、自分の身体のガードが緩くなったような錯覚に陥る。

「直、脚開いて」

「や……だって、ああ、基継……基継」

それは勘違いではなかったらしく、基継に膝頭へ口づけられ、ゆっくりと左右に開かれ、直哉はわずかも拒めなかった。

「ううう……っ」

指が簡単に挿《はい》ってきた。それ自体、直哉にとっては衝撃だった。覚悟していた痛みがなかったせいで、なおさら戸惑ってしまう。

「あ、あ、やだって……い、挿《い》れるのは、やっぱり、厭だ」

身を捩って抗った。

「なんで?」

基継はやめてくれるどころか浅い場所を濡らしたあと、さらに奥を目指そうとする。

「……って、気持ち……」

「ちが……あぅぅ、んっ、基継……や……基継っ」

「いい?」

口でどれほど拒絶しようと、すべてを見ている基継にはわかっているのだろう。厭だ、やめてと頼んでも執拗《しつよう》に体内を探ってくる。

「あぁ……嘘、だ。こ、こんなの……っ」

自分でも入り口が緩んでくるのがわかった。挿っている指もすでに一本ではない。奥の奥までサラダ油を使って広げられて苦しいはずなのに、それ以上に熱くて、疼いて——じっとしていられなかった。

「ごめん、直。厭でも挿れたい。俺がもう駄目。けど、おまえが本当に厭なら、言ってくれ。なんとか、我慢するから」

こんなときでも基継は基継だ。直哉の「厭」なんて「いい」の裏返しだということくらい察してくれればいいのに。押さえつけて進むくらいの強引さを見せればいいのに。

そう言ってやりたいが、いまはうまく話せそうにない。だから代わりに、基継に向かって両手を伸ばした。

「ばか」

どうやら一言で伝わったのか、基継がぎゅっと目を瞑った。大きく息をついて、穿いていたジーンズを脱ぎ捨てる。サラダ油を手のひらに受け止める様が見えて、直哉は唇を噛んだ。

荒々しい呼吸音と、濡れた音。

基継が、自分の中に挿りたくて自身のものを濡らしているのだとわかり、それだけで達してしまいそうなほどの愉悦《ゆえつ》に襲われた。

「――俺の直」

自分を呼ぶ声とともに脚を抱え上げられても、身動きひとつできなかった。もしかしたら自分は基継以上に欲しているのかもしれないと、頭の隅で考えたとき、入り口に熱い屹立《きつりつ》が触れた。

「基つ……あ」

基継自身が入り口を抉《えぐ》ってくる。肉を押し分け、体内へ挿ってこようとする。

「あぁぁ……っ」

その感覚をどう言えばいいのか。

大量のサラダ油のせいと、散々弄られて広げられたせいでほとんど苦痛はなく、直哉が味わったのは凄《すさ》まじいほどの圧迫感と、胸に広がる甘い熱だった。

我を忘れるというのは、きっとこういう感じを言うのだろう。

「直、すげ……直」

「あ、あ……うぅ」

「わかるか？　直、おまえの中に挿ってる、俺が」

「わか……ぁ」

わかると答えたかったが、声にはならなかった。口からこぼれ出るのは、変な喘ぎばかりだ。

知らず識らず大きく脚が開く。腰が揺れる。いっそう奥深くまで挿ってきた基継を、直哉は嬉々《きき》として迎え入れた。

基継は何度も直哉の名前を呼び、髪や頬へ優しく触れてくる。すべてが愛しくて堪らないのだというような触り方に、なぜか涙が込み上げてきた。

心から好きだ。十年前も確かに恋だったと確信しているけれど、いまはあの頃よりずっと愛しい。

「……直、直……も、出そう。悪い、このまんま……いいか」

いいに決まっている。このままずっと繋がっていたいくらいだ。

そう告げる代わりに、首にしがみついて懇願していた。

「基継……も、俺のこと、置いてかないで……基継」

口にした途端、堪えていた涙がぽろりとこめかみを伝わった。愛おしさで涙が出ることを初めて知る。

「置いてかない。置いてくもんか……っ」

返ってきたのは言葉と口づけだ。どこもかしこも基継でいっぱいになり、自然に笑みがこぼれる。

「うれし……基継――」

性器を二、三度擦られ、呆気《あっけ》なく達する。間もなく、基継の終わりを体内で受け止めた。

「直、愛してる。俺の直――」

好きなひとに掻き抱かれて味わう絶頂は格別だ。なにものにも代え難い瞬間に、また涙がこぼれ落ちた。

もちろん、このうえない幸せを噛み締めたからだ。


結局、直哉はコンビニのシフトを変えてもらった。瀬戸と一緒に働きづらくなったというより、基継が夜中に出るのを厭がったからだった。

三日ほど口を聞いてくれなかった瀬戸だが、四日目には話しかけてくれた。

「シフト、変わるんだって？」

罪悪感に駆られて小さく謝ると、それについてはなにも答えず、瀬戸は肩をすくめた。

「まあ、俺も羽田の幸せそうな顔は見たくはないし。それ以上に興津さんの顔は……思い出しただけでも吐きそうになる。頼むから俺の前にあのひと連れてくるなよ」

一言の申し開きもできない。厭そうに鼻に皺を寄せるその顔を前にして身を縮める。が、瀬戸の意図はどうやら他にあるようだった。ため息とともに首を左右に振ったかと思うと、舌打ちをする。

「本当はわかってたんだよ。割り込もうとしたのは俺のほうだって。運がよけりゃうまくいくかなって、結構姑息《こそく》なこと考えたりして……けど、やっぱり駄目だった。お邪魔虫は去るのみ——ってね」

まさかの言葉を聞いて、直哉は苦笑した。

「瀬戸、ほんといい奴だな」

やっぱり自分にはもったいない。基継くらいがちょうどいいのだ。そう思いつつ頭を下げた直哉に、瀬戸は、ふんと不満げに鼻を鳴らした。

「どんなに俺が『いい奴』でも、羽田は興津さんを選ぶんだろ?」

「…………」

答えられるわけがない。かっと頬が熱くなるが、直哉が本気で狼狽えるのは、この直後だった。

「羽田も大変じゃねえ?」

意味深長な目を瀬戸が流してきた。

「だって、あのひと見るからに激しそうじゃん? 羽田の細腰じゃあ、無理なんじゃないの？」

「え……そ……なっ」

しどろもどろになった直哉を、瀬戸がわははと笑う。初体験のときに布団一枚駄目にしたと知られたら、きっともっと笑われるにちがいない。

「せいぜい壊れない程度に励んでよ」

それが、瀬戸と働いた最後の日の会話になった。翌日から直哉は昼間のシフトに入り、新たな気持ちで臨んだ。

驚いたのは、望月がわざわざ昼間に顔を見せ、なにかあったのかと聞いてきたことだ。自分に原因があるのではないかと勘違いしていたらしい望月に、慌てて訂正を入れた。

「嫌われてるのかと思った」

そう口走った直哉に、望月が唇を尖らせた。

「そっちが嫌ってたんじゃないの？」

そうかもしれないと直哉は思った。人畜無害とか物足りないとか周囲に評されるのはたぶん、直哉自身がそういうスタンスで接していたせいだろう。人間関係において、一方的というのはあり得ない。

だから、なおさら誤解が解けてよかったと、訪ねてくれた望月に礼を言った。

そして、当の基継は納戸をすっかり暗室に変え、本人の言葉どおり出版社の仕事をしているらしい。

仕事でもプライベートでも自然ばかりを被写体に選ぶ基継は、相変わらず人間はただひとり、直哉だけを撮る。

とはいえ、ふたりの間にも変化はあった。先週、ふたりで海に出かけた。先々週は驚くことにスキー場だったりする。雪山に何度も登っているくせに、人であふれたスキー場で居心地悪そうにする基継はなんだかおかしかった。

ふと、考える。もしかしたら基継は父親がそうだったように、山に自分の居場所を求めようとしていたのかもしれない。だからこの家が、直哉が、ちゃんと基継の居場所になったとき、基継の呪縛は解けるのではないだろうか。

そんなことを考えながら、直哉は日々の暮らしを愛しく思う。

「お、いい感じ」

赤ランプの下で、現像液の中に浮かび上がってくるのは、鳥を追いかけて空を仰《あお》いだ直哉だ。

両手を空に向かって伸ばしている。

「いつの間にこんな写真、撮ったんだよ」

「さて、いつでしょう」

基継がほほ笑む。愛情にあふれて、とても優しい笑みだ。

「背中に羽がないのが、いっそ不思議なくらいだな」

「……んなわけ、あるか」

どこの世界に男に跨って腰振って悦《よろこ》ぶ天使がいるか——と直哉自身は思っているが、とりあえず基継のためにまだ言わないでおく。

代わりに、基継がなにより大事にしているというアルバムを開いた。

ノートのように見えたのはアルバムだった。

最初から最後まで全部直哉の写真で埋め尽くされたアルバムの中で、まだ子どもの自分が笑ったり拗ねたり、いろいろな表情をしている。

「基継って、危ないよね」

いま目の前に直哉がいる状況ですらときどきアルバムを眺めては鼻の下を伸ばしているなんて、誰が見ても変態だろう。

ザックに触らせなかったのは、これを知られたくなかったからのようだが、確かに隠さなければならない代物にはちがいない。

「いいじゃねえか。これは俺の宝物だ」

「うわ～、出た。痛い台詞」

この前、二冊目のアルバムを作った。

もちろんそれも直哉ひとりで埋め尽くされている。ちがうのはひとつ、二冊目に貼られているのは最近の直哉の写真だ。

基継のことだから、きっと三冊、四冊と増やしていくにちがいない。

「この家」

直哉は、基継の肩にこめかみをのせた。

「母さんが遺してくれてよかった。ここにいたから基継とまた会えた。基継が、この家に帰ってこられたんだから」

直哉の髪に手を差し入れた基継が、そうだなと答える。

「この家は志津子の、直への愛の証《あかし》だ」

そして、にっと少し照れくさそうな笑みを浮かべてみせた。

「まさか愛の巣にされるとは、さすがの志津子も思わなかっただろうがな」

「仕方ないよ」

直哉も笑った。

「だって、基継と俺は、昔から相思相愛なんじゃん？　母さんもあきらめてるって」

当時も基継の気持ちを察し、直哉を優先しようとした志津子だ。きっとこうなることも予測していたに決まっている。

「――直」

大きな手が直哉の顎を取り、上を向かせる。キスしながら、もう一方の手は服の中へと入ってきた。

「直、しよ」

「いまから？」

「いまから。すぐ」

「基継、鼻息荒いって」

頷く代わりに、直哉はありったけの愛情を込めたキスをする。ふたりでいる幸せを噛み締めながら、そっと目を閉じた。


直哉の家は、基継の家になった。

電気のついた家に帰ること。

向かい合ってご飯を食べること。

家事を分担すること。

話をして、笑って、たまに喧嘩して。

手を繋いで眠って。

志津子が与えてくれた家で、直哉は家族を得た。

「愛しているよ、直」

同時にかけがえのない恋人を。

藍いシャツの背中を、きっともう夢には見ない。

だって、もう夢はいらない。

夢の中でなくとも、大切なひとはこんなにも傍にいてくれるのだから。

明日のために手を繋ごう

はあはあと荒い息遣い。心臓の音はダイレクトに脳に響いてくる。

「直《なお》……」

掠《かす》れた声を首筋で聞きながら、すでにまともな言葉をなくした直哉《なおや》には喘《あえ》ぐことしかできない。

「平気か、直」

おそらく基継《もとつぐ》には想像もできないだろうけれど、息をするのを忘れるほど行為に溺《おぼ》れきっている。快感もすぎれば毒になると、身をもって教えられた。

「い……っ、基継……あぅぅ」

内側を刺激されて味わう絶頂は、苦しさと紙一重だ。

二度目に達したあたりから、意識が朦朧《もうろう》としてきた。天井《てんじょう》もゆらゆら歪《ゆが》んで見える。基継の重さにすがりついていないと、身体《からだ》がどこか深い場所に攫《さら》われてしまいそうだ。

「悪い。もうちょい、頑張れるか」

「あ……」

片脚を抱え直され、奥深くを圧迫された。それと同時に基継の手に包まれたままの性器から蜜《みつ》がどろりとあふれ出る。

「直」

揺すられるピッチが上がる。それに合わせて手を上下され、堪《こら》え切れずに直哉はすすり泣いた。

「あぁ……んっ、や」

駄目。もう無理。言いたくても声にはならない。こうなると、直哉にできるのは基継の首にしがみつくことだけだ。

小さく、基継が呻《うめ》いた。

自分のものとはちがう脈動を刻む基継は、熱を持ったように疼《うず》いている直哉の体内をさらに熱く灼《や》いて、やがて鎮まり、同じ温度になる。

まるで本当にひとつに繋《つな》がってしまったようだと、いつも直哉は思う。

「直」

基継が、直哉の頰《ほお》に口づけてくる。鼻先を擦《す》り寄せながら何度もキスされているうち、直哉も落ち着いてきてすっかり重くなった手をなんとか持ち上げる。汗で額に貼りついた前髪を掻《か》き上げてやると、基継の頰がふっと緩んだ。

「生きてるか?」

耳許《みみもと》でくすくすと笑われ、くすぐったさに首をすくめる。

「なんとか。死にかけ、だけど」

やっとそれだけ伝えると、基継はいっそう笑みを深くした。

「俺も、死にそうによかった」

何度目かのキスのあと、ずるりと体内の存在が去っていく。少し寂しいような気がするのだから、自分でも呆《あき》れずにはいられない。

これだけ毎日くっついていても、身体を離す瞬間に喪失感が込み上げるのは、昔、基継に置き去りにされたことが原因だと思っている。それゆえに、容易《たやす》く改善できるものではないだろうと。

子どもの頃の出来事は案外根強く残るものだと、改めて思い知らされる。

「もう一回風呂《ふろ》入るか？」

ひとの気など知らず、自身と直哉の下半身の後始末をした基継が、暑いなと両手で髪を掻き上げた。

「ん〜。どうしよっかなあ。なんかもう、だるいし」

「俺が連れてってやるよ」

「まあ、じゃあ、入る」

甘えてるなという自覚はある。

半面、これも過去のせいだと開き直るところもあった。十年も甘えられずにいたことを考えれば、これくらいは許されるはずだ。

寂しい子どもだった直哉に甘えることを教えるだけ教え込んで、突然放り出した基継の罪は重い。だから、しようがない。

「ほら、直」

身を屈《かが》めた基継が、直哉の腰《こし》に両手を回して持ち上げる。直哉は基継の首に摑《つか》まり、ついでに胴に脚を絡めた。

色気のない運び方だが、そのほうがいい。昔から同じだった。小学生の直哉を抱き上げるとき、基継はけっして横抱きにはしなかった。

「ほんと、見かけ以上に力あるんだよね。基継って」

「そりゃあな。何十キロって荷物を抱えて険しい道を延々と歩き続けるんだ。厭《いや》でも力はつく」

「だね」

基継は、毎日走っている。腕立てと腹筋運動も欠かさない。

歩き続ける――たったいまそう口にした以上、今後も重い荷物を背負って山に行くつもりなのだろう。

直哉を残して。

目を閉じると、藍《あお》いシャツの背中が浮かぶ。なにをいまさらと慌てて振り払ったけれど、貼りついた光景はなかなか消えてくれない。藍色が瞼《まぶた》の裏にこびりついてしまったようだ。

大丈夫。この家に、自分のところに基継は帰ってきたのだからなにも不安はない。そう思うのに些細《ささい》な言葉に過剰に反応してしまうのは、あの幼い日の別れはやはりそれだけ深く刻み込まれているということか。

一方であの夢をぱたりと見なくなったことに関しては、我ながら現金だと思わずにはいられない。ようするに、基継に会いたい一心で、せめて夢の中だけでもと無意識のうちに考えていたのだろう。

「な～お。どうかしたか？」

「……どうかって、なにが」

風呂場でそっと直哉を下ろすと、基継はすぐに直哉のほうへとシャワーを向けた。直哉の好みに合わせて少しぬるめの湯が肌《はだ》に心地いい。

「おまえ、変な顔してるぞ。そうしてると、子どもの頃みたいだな」

基継が額を小突いてくる。

どんな顔だよ、とは聞き返さなかった。見なくても想像がついた。子どもみたいな顔をしているのは、自分が子どものときの気持ちを引きずってしまっているからだ。

左肩の傷痕《きずあと》に目を留めれば、なんとも言えずもやもやとしたものが身体の奥底から染み出してくるのを感じ、直哉はシャワーの下から抜け出すと基継の胸に抱きついた。

「洗えないだろ。本当に、どうしたんだよ」

「いい、もう。綺麗《きれい》になった」

ばかみたいだとわかっているが、安心できる日が来るのかどうか自分でも判然としない。

ふたりの生活に慣れれば変わるのか、それとも、基継が山に登るのをやめたら、そのときこそ安心できるのか。

「それなら、部屋に戻らなきゃな。こんな格好でいたら風邪《かぜ》ひいちまうだろ」

「だったら、また抱えていってよ」

「なんだ」

頭の上でくすりと笑う声がする。きっと、いつまでも子どもっぽいと呆れているにちがいない。子ども扱いは不愉快だったはずなのに、いまはそのほうがいいなんて思っているのだから、我ながら身勝手だ。

風呂場を出る前にタオルで身体をくるまれ、ふわりと抱え上げられて部屋へと運ばれた。羽織《はお》るものがタオルからパジャマへと替わる間も、直哉の気持ちを悟ってか、基継は傍《そば》にいる。

布団《ふとん》に入ってからはさらに隙間《すきま》もないほど抱き合い、直哉はようやくほっと息をついた。

基継の体温。匂《にお》い。腕の重み。

すべてはここに、自分とともにあると実感し、胸のもやもやも一気に晴れていく。基継がもう置いていかないと、一緒にいると約束してくれるなら、なにを不安になることがあるのだろうかと、滑稽《こっけい》にすら思えてくる。

志津子《しづこ》が引き合わせてくれることなどあり得ないと、以前基継は言ったが、直哉自身はやはり信じていた。

志津子が、この家が、基継をもう一度直哉のもとに呼んでくれたのだと。

髪を、優しく撫《な》でていく手。とても好きな手だ。

基継の匂いと息遣いに包まれ、感傷的な自分に呆れつつ直哉は瞼を閉じた。


翌朝の目覚ましは、いつもと同じ『愛の讃歌《さんか》』基継バージョン。少しだけ調子の外れたメロディが、毎日直哉を穏やかに起こしてくれる。

基継の朝は早い。というよりも、眠り自体が浅いような感じがする。おそらくそれは、根無し草のような生活を続けてきたことや、自然の中でたったひとりの時間を過ごさなければならないことと無関係ではないのだろう。

隣に敷かれた布団に手を伸ばしてみると、すでにそこにぬくもりは残っていない。布団から上半身を起こした直哉はぶるりと震え、思わず肩をすくめた。

三月半ばとはいえ、朝晩はまだかなり冷え込む。薄いパジャマ一枚では、とてもではないがやり過ごせない。

勢いをつけて布団から抜け出し、急いで着替え、ついでに布団も畳《たた》んで押入れへと突《つ》っ込んだ。

台所で携帯の着信音が鳴っている。基継のだ。

基継にかけてくる相手は当然直哉の知らないひとばかりだし、話の内容もわからないので盗み聞きをしても意味はないが、毎回どうしても耳をそばだててしまう。

「いまから？」

今日は、誰からだろう。基継の声に親しみが滲《にじ》んでいる。

「いや……べつにいいけど。わざわざ来てくれなくても、電話じゃすまない用件なら俺がそっち行くよ」

部屋を出て、声のする台所へと足を忍ばせる。朝ご飯を作っている途中らしく、ご飯と卵焼きの甘い匂いが漂《ただよ》っていた。

基継は片手におたまを持ち、一方に携帯を持って直哉に背中を向ける形で流しへと向かっている。

「わかった。何時頃？　駅まで向かえにいく——あ？　まさか。歩きだ、歩き。車なんて持ってねえもん」

あははと小さく笑う声。やはり親しいのだ。

「じゃあ、あとでな」

話が終わるのを見計らって、直哉はわざと足音を立て基継へと近づいた。

「お。起きたのか。おはよ～。もうちょっと待ってろ。すぐ朝飯ができる」

「……おはよう」

ジーンズの尻《しり》ポケットに携帯を突っ込んで、基継は鍋《なべ》を掻き混ぜる。今朝は豆腐《とうふ》と白ネギの味噌汁《みそしる》だぞと言うと、ふたたび鼻歌が始まった。

尻ポケットの携帯に目を当て、誰からだったのか聞いてみようかと迷ったが、どうせ知らないひとだと自分を納得させ、やめておいた。

基継が味噌汁と卵焼き、それから焼き鮭《さけ》を卓袱台《ちゃぶだい》へと運ぶ。その間に直哉がご飯をよそい、箸《はし》を並べて向かい合った。

「いただきます」

「いただきます」

向かい合って一緒にご飯を食べるようになって、三ヶ月。あっという間だったような気もするし、ゆっくりと過ぎていったような感じもする。生活としての三ヶ月は早かったけれど、基継との時間は直哉の中に確実に刻まれているせいで、ひとつひとつが鮮明にゆっくりと思い出されるのだ。

「今日、おまえ、コンビニ休みだっけ？」

ご飯を頬張りながら基継に問われ、直哉は頷《うなず》いた。

「そっか」

「なに？　俺が休みじゃまずい？」

どこか歯切れの悪さを基継から感じ、さっきの電話の件もあったために、少しだけ意地悪く切り返す。

駅まで迎えにいくと言っていたから、誰かこの家に来るのだろうが、これまで直哉の知らない人間がこの家に足を踏み入れたことは一度もない。今日が、そのひとが初めてだ。

そんなわけないだろと即答した基継は、箸を止めないまま先を続けた。

「出版社の人間が来る」

「出版社の？」

意外な言葉に、鸚鵡返《おうむがえ》しする。

「ああ」

なんだ。出版社のひとか。

卵焼きを咀嚼《そしゃく》しながら、安堵《あんど》したことは隠して頷いた。いちいち気にかけていたなんて、基継には知られたくない。

「へえ。こんなところまでわざわざ来てくれるんだ？　出版社って東京にあるんだよね」

「近くまで来る用事があるらしい。その前にこっちに寄るってさ」

「ふうん。そう」

ほっとしたのも束《つか》の間《ま》で、今度は別の不安が頭をもたげてくる。

仕事関係のひとが来るというなら、仕事の話をしにくるに決まっている。

基継の仕事。

基継の仕事は写真を撮ることだ。山岳《さんがく》写真家という肩書きもちゃんとついている、らしい。山を撮るのが仕事なのだから、また、山へ行ってしまう。日本どころか世界じゅう、どこの山に行くのかわからない。ここのところ遠くへ行くことがなかったからといって、今度もそうだとは限らないのだ。

基継はこの家に戻ってくる前の半年間、サバラン山地にいた。

箸を置く。同じ手で煙草《たばこ》を取った。

唇《くちびる》にのせて火をつけると、深く吸い込む。落ち着け。またどこかへ行くと決まったわけではない。そもそもそのひとも単に寄るだけで、仕事の話かどうかすら知れないのだ。

「直哉。ご飯残すな」

「え……ああ、もうお腹《なか》いっぱいだから」

「朝飯は一日の活力源だ。無理してでも食っとけ」

「…………」

小さい頃の影響というのは、すごいと思う。たった二年の間、直哉にあらゆることを植えつけ、その人格形成にまで少なからず影響を落としていった基継の忠告は、いま、二十歳《はたち》になっても同じだけの重みを与える。

仕方なく、直哉は煙草の火を消し、ふたたび箸を拾い上げると残ったご飯を掻き込んだ。

「よし」

基継が満足げに、にっと唇を左右に引く。

「えらいな、直」

髪をくしゃくしゃと掻き回され、いったい基継は直哉をいくつだと思っているのだろうかと疑わしい気持ちになる。一方で、褒《ほ》められるのを嬉《うれ》しがっている自分もいるのだから、これはもう呆れるのを通り越して、あきらめる以外にはないだろう。

基継に褒められたい。それがすべてだったあの二年間と、じつはあまり変わっていないような気がする。

基継に、えらいなと頭を撫でられることが、直哉のすべてだと言ってもよかったあの頃。直哉にとって基継は昔もいまも一番好きなひとだ。

志津子の男。同居人。家族。恋人。どんな名前がつこうと、それだけはずっと変わらない。

「さて、ちゃっちゃとすませるか」

食べ終わって一服すると、皿を手に基継が腰を上げた。

食事の片づけは基継。洗濯は直哉。掃除はふたりで分担。話し合って決めたわけではないけれど、いつの間にかそうなった。

基継の鼻歌をバックミュージックに、猫の額ほどの庭に下りた直哉は手早く洗濯物を干していき、最後に物干し竿《ざお》にシーツを広げた。

快晴だ。

早朝の冷え込みが嘘《うそ》のように、お日様が当たる場所はぽかぽかと心地いい。風にはためくシーツから洗剤の甘い香りがしてきて、直哉は目を細めてたったいま自分が干したばかりの洗濯物を眺《なが》めた。

基継のシャツ。直哉のパーカ。基継のトランクスは青いチェックで、直哉のは臙脂《えんじ》の花柄。並べて吊《つ》るしたジーンズは、当然基継のほうが少し大きく、丈《たけ》も長い。

「な〜お。なにをぼんやりしてるんだ」

振り向くと、そこには基継が立っていた。いつものことだと言いたげに、口許に苦笑を浮かべ、咥《くわ》え煙草で直哉を見下ろしている。

「……えっと、天気いいなあって」

「だな。日向《ひなた》ぼっこはいいけど、外でうたた寝するなよ。風邪ひくぞ」

「基継、もう出かけるんだ？」

手にした灰皿に煙草の灰を落としながら、基継の首が縦に振られる。

「椎名《しいな》を迎えに駅まで行ってくる」

誰と問う必要はない。さっき話した、出版社のひとだ。

「ついでに昼飯も仕入れてくるけど、なにが食いたい？」

椎名と呼ぶ声がどこか特別に感じられたのは、きっと直哉の問題だろう。そもそも相手が男なのか女なのかもまだわからない。

「なんでもいいよ」

「そ？　じゃあ、焼豚炒飯とワカメのスープでも作るか」

吸いさしの火を消した基継は、「行ってくるから」と手を上げて背を向ける。

「いってらっしゃい」

その背中に声をかけた直哉は、ひとりになるとため息をついた。

基継の気配が消え、しんと静まり返った家の中を庭から眺めているうち、ふと縁側に座っている志津子の姿が脳裏《のうり》に浮かぶ。

——直哉は基継が本当に好きなのね。

志津子の隣に直哉も腰かけ、基継がコップに作ってくれた石けん水と先にハサミを入れたストローで、シャボン玉遊びをしていたときだった。

基継はなにか用事でもあって留守だったのか、その光景には現れない。

——うん。大好き。

——基継は直哉に優しいものね。

——基継、すごく優しいよ。あのね、昨日ね、夕飯にオムライス作ってくれた。すごーくおいしかった。それからね。一緒にお風呂入って、一緒に寝た。あ、明後日《あさって》おにぎり持って山に行くんだ。

——そう。

ほほ笑んでいた志津子の顔は、いま思い出せばどこか寂しげだ。もしかしたら志津子は、基継が長くいられないことをこの時点ですでに悟っていたのかもしれない。

いまとなってはもう、確かめられないけれど。

かぶりを振って、部屋の中へと戻る。コーヒーはインスタントでも、仕事関係のお客に普段使いのマグカップはさすがに出せない。

確か、志津子が店の常連からプレゼントされたコーヒーカップのセットが押入れの奥に入れっぱなしになっていたはずだ。

押入れの襖《ふすま》を開け、抱えてきた台の上に乗り天袋へと手を伸ばす。ふたつほど並んだ段ボール箱の奥のほうに小綺麗な箱がいくつか見え、背伸びをしてそれを取り出した。

最初の箱は洋皿のセット。こんな皿にのせるような料理とは、基継も自分も無縁だ。次の箱は置時計で、三つ目にようやく目的のものを探し当てた。

二脚セットの、ウェッジウッドだ。ブルーの柄は高級そうで綺麗だが、普段使いしたいとは思わない。お揃《そろ》いのマグカップを買ったばかりだし、なによりふたりには不似合いだ。

コーヒーカップを流しに持っていき、軽く洗う。ついでに掃除機もかけて、トイレも簡単に掃除しておいた。

こんなものだろうと室内を見渡したところで、はたと気づく。うちにはお盆《ぼん》がない。せっかくのウェッジウッドを両手で持って運ぶはめになる。

「あー、失敗した。お盆買ってきてって、頼めばよかった」

いまからでも携帯に電話をかけようかと一瞬迷ったものの、まあいいかとあきらめた。どうせ中身はインスタントなのだから、格好つけたところでたかが知れている。

それにしても、志津子はどのプレゼントにも手をつけなかったようだ。腕時計にスカーフ。おそらくはそれなりに値段の張るものばかりだろうに、すべて押入れにそのましまってある。

水商売という職業柄、男が切れたことはなかったし、ひとりの相手と長続きしなかった志津子だが、一点、ルールがあった。志津子は一度として男をうちに連れてこなかった。そういうポリシーだったのか、あるいは直哉のためだったのか。

最近になって気づいたので、もう当人に確認してみることはできない。

再婚話もきっとあったにちがいないのに、その気にならなかったのは、過去の男でも引きずっていたのだろうか。

適当に再婚していたほうが志津子にとってはずっと楽だったはずだ。

結局、直哉は父の顔どころか名前すら知らない。志津子のいなくなったいまは、知る手段を失ってしまった。

とはいえ、それに関してじつはあまり残念にも思っていない。

八歳まではもしかしたら気にしていたかもしれないが、八歳で基継に出会ってから、その件はたいして重要ではなくなった。

二年間は、基継が自分を好きでいてくれて、傍にいてくれればよかった。その後は、それこそ基継のことばかりを考えて過ごしていた。

格子戸の開く音がする。

基継が戻ってきたようだ。

玄関まで出迎えたほうがいいのか、余計なことをしないほうがいいのか迷っている間にも、声が近づいてくる。

「ただいま」

結局、居間に突っ立ったまま迎えた直哉の前に基継が姿を見せ、そのすぐ後ろから女のひとが現れた。

「初めまして」

綺麗なひとだ。ショートヘアにパンツスーツがよく似合っている。歳は基継と同じか、少し上くらいだろう、見るからに仕事のできそうな快活なタイプの女性だ。

「いきなり押しかけてきちゃって、ごめんなさい」

この家に志津子以外の女性が入ってくることなどなかったから、途端《とたん》に居心地が悪くなる。

「あ……いいえ。初めまして」

基継を横目で窺《うかが》いながら挨拶《あいさつ》をした直哉へと、彼女が名刺を差し出してきた。その爪《つめ》の鮮やかさにも戸惑いを覚えてしまう。

「椎名です」

椎名葵《あおい》。肩書きは副編集長。そんなに立派なひとなら、なおさら失礼があってはいけない。緊張する直哉に反して、基継はいつもの調子でぶら下げていたスーパーの袋の中身を冷蔵庫にしまうと、どかりと卓袱台の前に腰を下ろした。

煙草を咥えつつ、椎名にも向かいを示して座るように促す。

そのとき、もうひとつ失敗に気づいた。

うちには座布団もない。

畳《たたみ》に正座する椎名を前にして、襟足《えりあし》に汗が滲むのを感じながら直哉は湯を沸《わ》かすために台所に立った。

ついさっき洗ったばかりのカップをふたつ並べて、インスタントコーヒーを淹《い》れる。こうなればカップのほうがむしろ浮いているような気がしてきたが、いまさらちがうものを用意できないので、そのまま出すしかなかった。

「相変わらずね」

口火を切ったのは、椎名だ。

「なにが？」

　基継の声が不明瞭《ふめいりょう》なのは、煙草を咥えているからなのだろう。背中に意識を集中させて、ふたりの様子を窺う。

「落ち着かないって意味よ。急にまた住所が変わったって連絡を寄越すんだもの。前の友だちのところには結局何ヶ月いたかしら。基継らしいわ」

　うるせえなと基継が答える。

　言葉遣いでふたりの親しさの度合いは推し量れるが、直哉が気になったのは名前の呼び方のほうだ。椎名は基継のことを、ひどく慣れた口調で『基継』と呼んだ。

「で、今度はどんな間柄？　友だち――には見えないけど」

「昔世話になったひとの息子だよ」

　間が空く。そのあとの椎名の声には、好奇心が滲んでいた。

「高校を出たての頃に転がり込んでいたって話していたときの？　じゃあ、彼が直哉くんなんだ」

　基継は返事をしない。

「ねえ、そうなんでしょう」

　直哉は戸惑いを隠しきれずにいた。基継が他人に自分のことを話していたとは思わなかった。それほどこの女性には気を許しているとも考えられる。

「直、湯が沸いてる」

「あ……ごめ」

慌てて火を消し、カップに湯を注いだ。お盆はないので手で直接持って卓袱台の上にふたつ並べて置く。

「ありがとう」

椎名にほほ笑まれ、直哉は会釈《えしゃく》だけをなんとか返した。

するとことがなくなったので、仕方なく隣室へと向かう。直哉としては気を利かせたつもりだったが、ふたりの声は襖越しにもはっきりと聞こえてきた。

「なにを渋ってるの。こんなにいい話はないじゃない」

椎名が声高《こわだか》になっているのは、実際に苛立《いらだ》っているせいもあるようだ。煮え切らない基継へ詰め寄っている様子は、見なくてもわかる。

「考え中だって言っただけだ」

「だから、どうして考える必要があるのかって聞いてるの。写真集を出せるなんて、またとないチャンスでしょう。山岳写真家、興津《おきつ》基継の写真集なのよ！　表紙に名前が大きくクレジットされた写真集！　なんの不服があるっていうの」

写真集。

基継の写真集が出る！

確かに……滅多《めった》にないチャンスだし、すごいことだ。普段なら手放しに喜んでいいはずなのに、なにを基継は迷っているのだろう。

直哉は息を殺し、基継の返事に耳をそばだてる。が、基継は黙っている。返事すらしないつもりのようだ。

椎名が、呆れの滲んだため息をこぼす。

「じゃあ、いったん保留ね。とりあえずこの前言ってた、シャーサヴァン族の残りの写真を見せてくれる？」

椎名のその台詞《せりふ》のあと、基継が部屋を出ていく気配がする。どうして基継が見す見すチャンスを逃すような真似《まね》をするのか、直哉にはわからない。

襖が開いた。

「あ……」

ほとんど襖に顔をつけるような姿勢でいた直哉は、言い逃れのできない状況を悟り、真っ先に謝罪した。

「すみません」

てっきり叱責《しっせき》されるとばかり思っていたのに、椎名は笑顔になった。

「いいのよ。あなたに聞こえるように言ったんだから」

「え……」

どういう意味だろう。椎名を窺うと、嘘や冗談を言っているわけではなさそうだ。でも、なんのために直哉に聞かせたのか、意図はまるで読めなかった。

「写真集なんて、そうそう出せるものじゃないの。基継にとってはものすごいチャンスだわ。それは、あなたもわかるでしょう?」

頷く。

「だけど、基継はどうして迷ってるんですか?」

チャンスを前に尻込みする性格とは思えない。それなら、他に基継が二の足を踏む理由があるはずだ。

「八甲田《はっこうだ》よ」

椎名の台詞に、覚えずその赤く染められた唇を見つめていた。八甲田と、直哉も胸中で反《はん》芻《すう》しながら。

八甲田は、基継の父親が亡くなった山だ。

「撮り下ろしの写真として、どうしても八甲田の写真が必要なの。それが基継の山岳写真家としての原点だって、直哉くんも承知しているわよね」

「……それは」

確かにそうかもしれない。基継が頑《かたく》なまでに山にこだわってきたのは、父親のことがあるからだ。

日本どころか、海外の山まで出かけていく基継が、いまだ足を踏み入れられない領域、八甲田。

おそらく一度も近づいていないだろうことは、容易に想像がつく。

「私が言っても、なかなか難しいのよ。ビジネスはビジネスと切り離してても、どうしてもお互いの腹の中が見えちゃうから」

「……椎名さんは」

曖昧《あいまい》な居心地の悪さに耐えかねて切り出す。が、その先を口に出すのは憚《はばか》られた。椎名の、基継のことならなんでもわかっているという口調が直哉の感情を波立たせるのだ。

「そうねえ。たぶん、直哉くんの想像で当たってるんじゃないかしら。基継がサバラン山地に行く前に別れてるけど」

「…………」

やっぱりそうだった。基継の言動の端々《はしばし》から親密さが感じられるのも、椎名が慣れた口調で基継と名前を呼び捨てにするのも、直哉のことや父親のことを打ち明けていたのも、すべては椎名が単なる仕事の相手ではないからだ。

唾《つば》を飲み込むと、喉《のど》が変な音を立てた。息を吸えば肩が大きく上下したような気がして、途中でぐっと堪える。

「それで、直哉くんにお願いがあるの」

どうやら本題に入るようだ。

「……俺に、ですか」

いったいなにを言われるだろうと身構えたが、椎名の口から発せられたのは予想を上回る申し出だった。

「ええ。直哉くんからも基継を説得してほしいのよ」

「………」

なんと答えればいいのかわからなかった。はっきりしているのは、いま目の前にいるのはかつて基継の恋人だったひとだということ。

基継がずっとひとりでいたとは思っていないのに、現実に直面するとどうしてもいろいろと気になってくる。椎名の赤い唇やシャツから覗《のぞ》く胸元を、甘いコロンの香りを、意識せずにはいられない。

足音が耳に届く。椎名が離れて居間に戻ったので、直哉は一言も口にしないまま襖を閉めるはめになった。

「ありがとう。今日のところは帰るわ。また近いうちに連絡するから」

椎名の立ち上がる気配がする。直哉くんと声がかかり、まさか呼ばれると思っていなかったせいで慌てて襖を開けたが、危うく敷居に躓《つまず》くところだった。

動揺が、手足の動きをぎくしゃくとさせる。なにをやってるんだ、と呆れた視線を基継に向けられてはなおさら挙動不審になった。

「お邪魔しました」

椎名が笑みを向けてくる。その笑顔の中に、頼んだからというようなニュアンスを感じとった直哉は、睫毛《まつげ》を伏《ふ》せるしかなかった。

椎名を見送り、玄関から戻ったその足で台所に立った基継は、鼻歌とともに予定どおり炒飯作りに取りかかる。直哉は卓袱台の上に置きっぱなしになっているセブンスターを一本取り出し唇にのせると、基継のライターで火をつけた。

深く吸い込む。一服してようやく、椎名の名前を口にできる程度には落ち着いてきた。

「椎名さんって、綺麗なひとだね」

『愛の讃歌』が途切れた。

「あー……そうか？　まあ、そうかもな」

料理をする基継の手は止まらない。ごま油の香ばしい匂いが漂ってくる。材料は卵と細かく刻んだ焼豚とネギ、味付けは塩こしょうと、最後の仕上げに醤油《しょうゆ》を垂らすだけのシンプルな炒飯だ。

昔も基継は、直哉に同じものを作ってくれた。

「基継、なんで受けないの？」

基継が渋る理由がわかっていながらこんな聞き方をしたのは、椎名のことが引っかかっているからだ。もう別れていると聞かされたけれど、一時的にしても、ふたりが恋人同士であったという事実は直哉の胸を昏《くら》く疼かせる。

「……なんだ。聞こえていたのか」

一呼吸、間が空いた。

言い訳でも考えているのだろうか。そんなふうに疑うのも不安な気持ちの表れだと思えば、舌打ちしそうになる。

「ああ……もしかして、椎名がおまえになにか言ったか？」

「べつに。ただ、悩むまでもないと思っただけ。またとないチャンスじゃない？」

基継からちゃんと話してほしい。八甲田に行くのを迷っていると、自分にもちゃんと話してほしい。

いや、こんなふうに考えること自体、椎名より自分のほうが基継のことを理解していると思いたいだけなのかもしれない。椎名には無理だという説得が、自分にならできるのではと、変な自意識もある。

どちらにしてもあまりいい気持ちはしなくて、直哉は急に苛ついてきた。

「まあ、そうなんだけどな」

炒飯の皿が並べられる。基継がスープを碗《わん》に注ぐ間に、直哉はスプーンと箸、水をふたつずつ用意した。

「即答する必要もないだろ？」

「悩む必要もないんじゃない？」

手を合わせて、スプーンを持つ。

食欲はない。

水から口をつけた基継は、苦い顔で顎《あご》を掻いた。

「――確かに……そうだな。悩む必要なんてない。俺みたいな地味な写真家の写真集を出してくれるって言うんで、びびったのかもな」

なんでもないことのように肩をすくめ、ははと笑ったが、直哉はとても一緒に笑う気になれなかった。

「直の言うとおり、このチャンスを逃したら、二度とないってこともあるしなあ」

椎名には迷いを見せ、もしかしたら弱みもさらけ出しているかもしれないのに、直哉の前では笑顔を見せる。八甲田の話もしてくれない。

基継にとって直哉はいつまでたっても昔のままの小さな直でしかないのだと、思い知らされた気分だった。

「ごちそうさま」

いくらもせずに、箸を置いた。

「なんだ。残ってるじゃないか」

「ごめん……お腹いっぱい」

「直」

基継の、まっすぐな眉《まゆ》がひそめられる。基継が心配していることは、言葉以上に表情でわかる。それでも、いまは基継の顔を正面から見ていられず、自分を呼んでくる声を無視して腰を上げた。

「ほんとにお腹すいてないだけだし。残りは夜に食べるから取っといて」

まだなにか言いたげだった基継を残し、直哉は隣室へと逃げ込んだ。

ばかみたいだというのは自分でもよくわかっている。単なる嫉妬《しっと》でしかないというのも、過去の恋人に嫉妬するのがいかに無意味かというのも、十分承知しているつもりだ。

基継の心の傷は直哉にしか理解できないはず——おそらくどこかでそう信じ込んでいたから、基継が椎名に打ち明けていたことがショックだったのだ。

襖が開かれる。膝《ひざ》を抱えたまま振り向かなかった直哉を、基継が背中から包み込み、抱き締めた。

あったかい。

体温以上に、基継の愛情が直哉を温かくする。

「直」

基継の、直哉を呼ぶ声も優しくて、機嫌を損ねたままでいるのは難しい。

「今度の休みに、久し振りに一緒にどこかに行こうか。弁当持って、ふたりで」

「…………」

「どう？」

穏やかに問われて、渋々頷く。基継が甘やかすから、いつまでも意地を張れないのだ。

「――とっくに別れてるよ」

直哉の肩に顎をのせ、ふと基継が切り出した。

「聞いたんだろ？　それで、直哉はそういう顔をするんだ」

「そう、いうって……」

顔には出してないつもりでいたけれど、基継には通用しなかったようだ。言葉を濁《にご》す直哉を基継は微《かす》かに笑って、言葉を重ねていく。

「三年――って言っても、実際一緒にいたのはもっとずっと少なかった。俺はおまえが前に言ったとおりの根無し草で、あちこちをふらふらしてたから」

「…………」

直哉の知らない基継。以前、基継と志津子がそういう仲だろうと想像していたこともあったが、実際に恋人の存在を基継の口からはっきり語られると思いのほか衝撃を受ける。いまは自分と一緒にいてくれるとわかっていても、さっき会ったばかりの椎名の顔が、振り払っても振り払っても浮かんでくる。

「でも、好き……だったんだよね」

「そうだなあ」

基継は懐《なつ》かしむように声を掠れさせた。

「好きだったろうな。でも、それ以上に楽だった。俺はたいがい我儘《わがまま》な男で、ずっとひとりでいるのは厭なくせに、ふたりでいる時間が長くなればそれはそれで堪《た》えられなくなって、ふらりとどこかへ行きたくなる。椎名は、それを三年許してくれた」

椎名が基継のことを理解しているはずだ。直哉と基継の二年も濃密な時間だったが、おそらく彼女と基継の関係も上《うわ》っ面《つら》だけではなかったのだ。いまも仕事上とはいえ続いているのは、そういう理由もきっとあるのだろう。

胸がずきずきと痛み始める。

「じゃあ、なんで別れたわけ？」

三年許せたのなら、四年だって五年だって許せるはずだ。実際、直哉は基継を思い切れずに十年を過ごしてきた。

「俺が、俺の情のすべてを椎名に注げなかったから」

「基継の情？」

「ああ。俺には囚《とら》われることが多すぎた。親父《おやじ》のこと、母親のこと。それから――直、おまえのことだ。おまえのことを忘れた日はなかった。十年」

「基継……」

「おまえのことが常に頭から離れなかった。椎名と別れるときに、俺を縛《しば》っているものはなにかと問われて、直のことを話した。サバラン山地に行く前だったし、どうせおまえとは二度と会えないと思ってたから、ちょっと自棄《やけ》になってたのかもな」

くすりと、肩で基継が笑う。くすぐったさに直哉は首をすくめた。

「すごい子どもだよな、おまえは。たった二年で俺の人生縛っちまったんだから」

これに関しては、お互い様だ。

あの二年間のことは、直哉にしても忘れられない。昨日のことのようにはっきりと思い出せる。

たとえばもし基継に再会できていなかったとしても、直哉はずっと忘れず生きていっただろう。それだけは確信している。

「だから、おまえが妬《や》くことなんか少しもない」

「……妬いてなんか」

「そうか?」

基継が首筋に唇を押し当ててきた。

直哉は両手を持ち上げ、基継の手の上に重ねて置いた。

「お父さんのことも……話したんだ」

「いや」

一度息をつくと、穏やかな声は変わらないままその先を続けた。

「親父が八甲田でくたばっちまったことなら、この業界に関わっている奴《やつ》なら誰でも知っている。誰とも親父の話はしてない。あっちはまるでタブーのように触れてこないし、俺も話すつもりはないし」

「そう、なんだ」

直哉も昔は、基継の父親の話題は避けなければならないと思っていた。けれど、ここに基継が帰ってきてからは、そうでもなくなった。

話題にのぼらせる機会は少ないが、避けなければならない話ではない。それはたぶん、この十年の間山に通い続けた基継が、自分の中でなにか折り合いをつけたせいなのかもしれないと直哉は考えている。実際のところは基継にしかわからないだろうけれど。

「……基継」

身体の向きを変えると、基継の肩に額をのせた。

直哉の後《おく》れ毛《げ》を指先で何度か梳《す》いたあとで、基継は直哉の顔を上げさせる。

「基……」

唇を塞《ふさ》がれた。

吐息《といき》を移し合うように口づけを交わす。愛《いと》しさが、こぼれるように胸の奥から染み出してきて、直哉は基継の肩にしがみついた。

それなのに、どうしてだろう。不安が拭《ぬぐ》えない。基継のおかげで嫉妬が嘘のように掻き消えたぶん、はっきりと不安として直哉の中に残ってしまう。

理由は明白だった。

基継が八甲田に行くという事実が不安なのだ。行ってしまえば、二度と帰ってこないのではないか——基継の父親のように。

ちらりと浮かんだ考えに、背筋が冷たくなる。

「基継……基継……」

膨《ふく》れ上がっていく怖さに押し潰《つぶ》されそうになった直哉は、自分から基継に手を伸ばした。いま、ここにいることを、もう二度と離れることはないのだと確認したい一心だった。

お願い。誰も俺から基継を取り上げないで。

何度も胸の中でくり返し、ひたすら基継を求めた。


「あれ？　久しぶり」

その声に直哉は自転車に跨《また》がろうとしていたのをやめ、振り返る。

「あ……瀬戸《せと》」

瀬戸は一緒にいる友人を待たせ、直哉へと歩み寄ってきた。

ちょうどコンビニの仕事の帰りだった。朝の九時から夕方六時まで。昼間のシフトに変えて以来瀬戸とは顔を合わせていなかったので、本当に久しぶりになる。

「元気？」

直哉自身は多少気まずい思いもあるが、瀬戸はいたって普段どおりだ。少しも根に持っている様子はない。瀬戸の寛大さに、改めて感謝せずにはいられなかった。

「うん。瀬戸は？」

「元気元気。結局、アルバイトは辞めたんだけどさ」

「え、そうなんだ」

知らなかった。もっとも知らなくて当然だが、なんとなく瀬戸は続けていると思っていたのだ。

「大学が忙しくなっちゃって。てか、マジで出席日数ぎりぎりで、親に怒られた」

あははと瀬戸が声を上げる。相変わらず格好いいし、さわやかな好青年だ。

「大変だったんだ」

つられて笑った直哉に、ふいに瀬戸は顔を近づけた。

「それはそうと、興津さんとはどう？」

「ど……どうって」

基継の名前を出されると、咄嗟《とっさ》に謝りたくなるが、瀬戸は直哉の謝罪なんて望まないだろう。

「えーっと……元気だと、思うけど」

「そっかあ」

意味ありげな上目遣いとともに、にやっと瀬戸の口角が吊り上がった。

「満たされてますって顔してるもんな、羽田。毎日毎晩愛されてますって？」

「ちょ……せ、瀬戸」

反射的に視線を周囲へ流す。誰かに聞かれてはまずい、というよりも、恥ずかしくて居たたまれなかったのだ。

戸惑う直哉に、ちぇっと舌打ちが返る。

「マジで毎晩愛されてんだ～。悔しいなあ。やっぱ俺、興津さん嫌いだわ」

今度の台詞も恥ずかしいには恥ずかしいのだが、気づいたことがあって直哉は視線を瀬戸へと戻した。

瀬戸は、直哉と基継の関係を知る唯一《ゆいいつ》の人間だ。あんなことがあってからも瀬戸が他のひとに基継との関係を言い触らさなかったおかげで、直哉はいまも変わらずコンビニで働けている。それを思えば、瀬戸にはどれほど感謝しても感謝しすぎることはない。

「瀬戸……」

友だちでいたかった。でも、それは絶対に口にはしない。いい奴でいてくれる瀬戸の好意を無にすることになる。

「あ～あ。俺も誰か見つけたいなあ。幸せになりてえー」

それが、瀬戸の別れの挨拶になった。

じゃあと軽く手を上げ、友人のもとへ戻っていく。直哉も自転車に跨り、家路《いえじ》についた。

十数分で帰りついた家の中には明かりがついている。外から家の明かりを眺めるとき、いつも直哉はなんとも言えない気持ちになった。

家。

そこに待っているひとがいる。とても好きなひとが出迎えてくれる。それはなんて幸福なことだろう。また基継と暮らせるようになるなんて想像すらしたことのなかった直哉にとって、この数ヶ月はまるで夢心地だった。

がらがらと格子戸《こうしど》を開ける。

上がり框《がまち》に座って靴《くつ》を脱ぎながら異変に気づいた直哉は、首を傾《かし》げた。

いつもなら片手におたまを持った基継が姿を見せ、「おかえり～」と出迎えてくれるのに、今日はない。基継の靴が三和土《たたき》に揃えてあるので、家にいるのは間違いなかった。

居間の前まで来たときに基継の声が聞こえ、ほっとすると同時に口を開く。ただいまと声

をかけるつもりだったが、

「そう何度も言うなよ。椎名」

耳に届いたその一言でまた口を噤《つぐ》んだ。

椎名と電話中だ。瞬時に、直哉の頭の中に椎名の顔と、それから八甲田の単語がよぎる。

いったいなんの用件だろう、直哉はその場で息を殺し、聞き耳を立てた。

「だから、行くって言ってるだろ」

どくんと、心臓が大きく脈打つ。反射的に胸を押さえると、手のひらにはっきりと動悸《どうき》が伝わってきた。

基継がどこに行くと言っているのか、考えてみるまでもない。

「何度も言わせるな。その条件でいいって」

「……っ」

喉から小さく悲鳴が洩《も》れた。

勘違いであってほしかったが、それはあまりに楽観的な希望だと直哉自身わかっていた。

「撤回《てっかい》なんてするか。そっちの大まかな予定を聞かせてもらえるか？　それに合わせて俺も八甲田に行くスケジュールを組む」

苦しいほどの鼓動《こどう》のせいで、そのあとの基継の言葉は不明瞭になる。けれど、十分だ。肝心《かんじん》なことはわかってしまった。

八甲田に行くと、たったいま基継が明言したのだから。

「なんだ」

いつのまにか電話を終えた基継が、居間から顔を覗かせた。

「物音がしたと思ったら、やっぱりおまえ帰ってたのか。おかえり」

「た……だいま」

頭の中でなにかがわんわんと反響している。それがうるさくて声が聞き取りづらいし、思考もまとまらない。

「もうすぐ夕飯だぞ。手を洗って、皿出してくれないか？」

「……うん」

なにか言わなければ、確かめなければ、そう思うのに一言が切り出せないまま、いま耳にした台詞だけが何度も耳の中でくり返される。

「直」

間近で名前を呼ばれ、はっとして目を上げるとすぐ傍に基継が立っていた。首を傾げて直哉を見た基継は、手を伸ばし、髪に触れてくる。

「聞いてたのか？」

この問いには返事ができない。唇が貼りついてしまったようだ。

「写真集の話、受けることに決めたよ。おまえの言うとおりだ。いつまでも考えてたってしようがない」

「………」

椎名の目論見《もくろみ》どおり、直哉の望んだとおり、説得には成功したらしい。けれど、本心では少しも望んでいなかった。行ってほしくないと、そう思っている。

「というわけだから、スケジュールが正式に決まったら留守することになるが、まあ、たぶん一週間くらいだろうから」

一週間も。

一週間もひとりになる。いや、一週間ですめばいい。

行き先は八甲田山。

基継にとって八甲田は、他のどの山ともちがう。子どもの頃から取り憑《つ》かれていると言ってもいい。

「なんだ、そんなこの世の終わりみたいな顔して」

髪に触れていた手が、直哉の頭を引き寄せた。

思わず直哉は基継のシャツを両手で摑《つか》んでいた。

「すぐに帰ってくるって」

待ってるから、早く帰ってきて。そう言いたいのに声にならない。ただ、不安ばかりが膨れ上がっていく。

「あ……うん」

指先の震えを悟られたくなくて、基継から離れた。皿を用意し、いつもと同じように向かい合ってご飯を食べ、順番に風呂をすませたあとは並べた布団に入った。

季節的にはもう春だというのに寒くて堪《たま》らず、上掛けの中で背中を丸める。

爪先《つまさき》が、凍ったように痺《しび》れている。

「眠れないのか」

基継に問われたとき、直哉は寝たふりをした。

いつもと同じでなければいけない。特別なことがあると胸騒ぎがする。このままずっと日常が続いていかなければ、数秒後にはなにが起こるかわからないのだ。

昔、急に基継が直哉を置いて消えてしまったように。

怖くて堪らない。不安になること自体が怖いというのに、あとからあとから暗い闇《やみ》が押し寄せる。

固く目を閉じ、息を殺す。基継の寝息だけに耳を傾けて、直哉は身動《みじろ》ぎすらしなかった。

どれくらいそうしていたのか、そのうちあたりが真っ白になる。

ここはどこだろう。見回してみると、どうやら雪山のようだ。見渡す限りの雪。雪ですべてが覆《おお》い尽くされている。

パジャマのまま、裸足《はだし》で立っているけれど少しも寒さは感じない。

きょろきょろと周囲を見回す。いったい基継はどこに行ってしまったのか。

遠くに、なにか黒っぽいものが見えたような気がして直哉はそこを目指して足早に進んだ。雪に足を取られながらようやく辿《たど》り着き、さっき離れた場所から見えたものの前に立った。

ザックだった。

これは——基継のだ。

そのすぐ横には雪が盛り上がっている。膝をついた直哉は、素手《すで》で一生懸命に雪を掻き分けた。

直後、悲鳴が喉を切り裂いた。

「い……やだっ」

両目をかっと見開く。

一瞬ここがどこなのかわからなかったが、天井が視界に入ってきたので家だと気づき、何度も大きく息をついた。

心臓がいまにも壊れそうなほど乱れた鼓動はなかなか落ち着いてはくれない。全身に鳥肌が立っているのに、パジャマの下はびっしょりと汗を掻いていた。

隣の布団を窺う。

暗闇の中に基継の横顔がうっすらと浮かび上がっている。規則正しい呼吸を耳に、ようやく直哉は肩の力を抜いた。

「……冗談じゃない」

なんて夢だ。昔見ていた藍いシャツの夢どころではない。ザックを背負ってひとり山へと向かう基継の後ろ姿は、何度直哉が名前を呼ぼうとけっして振り向いてはくれなかった。追いかけようにも足が縺《もつ》れてどうにもならず、やがてその背中は吹雪《ふぶき》の中へと掻き消えてしまう。

必死であとを追い、雪山を彷徨《さまよ》ったあげく、ようやく直哉が目にした基継は――雪に埋もれていた。山に抱かれ、穏やかな表情で目を閉じ、二度と起きることはない基継を直哉は発見した。

――基継！

夢の中で絶叫する自分の声で目覚め、現実に戻ることができたのだ。

こっそり布団を抜け出し、風呂場に向かう。濡《ぬ》らしたタオルで顔や首筋の汗を拭いながら、その手がいまだ震えていることに気づいた。

ただの夢だ。そう思うのに少しも冷静にはなれない。

また基継が自分を置いていくのではないか。ひとりぼっちになってしまうのではないか。

基継の身に恐ろしいことが起こるのではないか。

想像するだけで怖くて怖くて堪らなかった。

子どもの頃よりもいまのほうがたちが悪い。あのときは、数年間は基継の帰りを信じて待つことができた。でもいまは、二度と会えないのではないか、そんな予感に縛られる。

舌打ちをした直哉は洗濯機にタオルを放り込むと、台所へ移動し、水を飲んだ。

震えはなんとかおさまってくれたが、やはり瞼の裏には雪に埋もれて目を閉じた基継の穏やかな顔が焼きついている。

もし自分がやめてくれと頼んだら、基継は八甲田に行くことをやめてくれるだろうか。できもしないことを考える。口にするのは簡単だ。でも、行けばいいとか、やめるべきだとか、直哉が意見していいものではない。

基継が八甲田に行くのは、生半可な覚悟からではないとわかっている。椎名の言うとおり山岳写真家としての原点だし、おそらくは基継という人間の根っこの部分にも深く関わっていることだ。

だからこそ、直哉は八甲田の単語さえ切り出せずにいるのだ。

「直」

急に背後から声をかけられて、肩が過剰に跳ね上がった。

振り向くとそこには基継がいて、明かりが眩《まぶ》しいのか目を眇《すが》めて直哉に歩み寄ってくる。

「……なに？」

あえて軽い口調で問うと、そりゃこっちの台詞だと返ってきた。

「どうかしたのか？　おまえ、うなされてたぞ」

「本当に？　べつになんでもないけど」

はぐらかそうとするが、どうしたって歯切れは悪くなる。眠りの浅い基継が気づくのは当然だった。

伸びてきた手が、直哉の前髪を掻き上げる。

「俺と関係があるか？」

「…………」

基継がじっと窺ってくる。質問ではなく、確認だ。

隠したところで、直哉の考えそうなことくらい基継にはわかるのだろう。

「トラウマになってんのかなあ。基継を見送らなきゃいけないと思うと、緊張しちゃって」

それでもわざと茶化した言い方をする。そうしなければ、行かないでほしいといまにも懇《こん》願《がん》しそうだった。

直、と基継が呼んで、直哉の頭を腕に抱き込んだ。

「八甲田に――行ってくる」

なにかが胸に突き刺さったかのような痛みに襲われ、ふたたび心臓が暴れ出した。なにも答えられない直哉は、ただ唇にきつく歯を立てた。

「初めから知ってたんだろ？　おまえ。俺の行き先。出所は椎名か？」

「…………」

「椎名のことだから、おまえからも説得してくれとか強要してきたんじゃないのか？」

一言でもいいから返事をしなければと思うのに、声にならない。どうせ言葉はなにひとつ浮かばないので、口を開いたところで同じことなのだが。

——どうしても八甲田の写真が必要なの。

どうしてだろう。

あのときは椎名の言葉を理解したふりで頷いたけれど、いまはもう判然としない。このままでも直哉は十分幸せだ。基継にしても同じはずだ。それなのに、椎名はどうして必要なのだと断言できるのか。

写真家として大成するためだというのなら、べつに直哉は基継が大成しようとすまいと関係ないと思っている。基継が基継でありさえすれば、ずっと直哉の傍にいてくれさえすれば、それでいいのだから。

「大丈夫だ。俺はもっと危険な山をたくさん経験してる」

黙り込んだままの直哉に、基継は苦笑した。

「さあ、寝よう。起きるには早すぎる」

直哉の肩を抱いて促し、布団へと戻った。

結局、なにも言えなかった。

今度はひとつの布団にもぐり込んで、基継と身体を寄せ合って眠る。が、どんなに隙間のないほどくっついていても、不安は少しも解消されない。

朝になれば身体を離さなければならないのなら、朝なんて来なくていい。そんなばかばかしいことまで考える。

指先で基継の左肩に触れた。

わずかに盛り上がり、引き攣《つ》れたような感触が指の腹に返ってくる。

——死んでもおかしくなかったからな。

基継の言葉を思い出し、ぞっとした。急に身体が冷えたような気がして、直哉はいっそう基継にしがみついた。

「直」

髪を梳いていく手は普段以上に優しい。直哉の気持ちを知ってか知らずか、まるで小さな子どもでもあやすように何度も触れてくる。

「そういや、どこかに行こうって約束してたよな。どこがいい？」

「……海」

行き先など考えずに直哉は即答していた。

本音を言えば山以外ならどこでもよかった。山だけは厭だ。

「海か。いいな。愉《たの》しみだ」

愉しみだなんてとても思えない。それでも直哉は頷いた。

基継の腕の中で、ずっと目を開け、なにもない場所を見つめる。触れ合う体温がこれほどまでに頼りないものだと改めて思い知りながら。自分があまりに弱々しい存在だと痛感しながら。

基継が椎名に承諾の電話をして、一週間がたった。

基継は着々と山に向かう準備をしている。

直哉の夢は、もう何度目になるか数えられない。いつも同じ場面で目が覚め、しばらく基継の顔が頭から離れず直哉を苦しめるのだ。いや、この一週間は家にいてもコンビニで働いている最中も片時もその場面が頭から離れることはなかった。

一方で、厭というほど考えた。

悪い想像ばかりするのはよくないとか、基継が決めたことなら気持ちよく見送るべきだとか。でも、それは所詮《しょせん》上辺だけの綺麗事だ。正直になれば、どうあっても基継を引き留めたかった。

明日の休みは約束どおり海へ行こうと基継が言ったときも、直哉の気持ちは少しも晴れなかった。

暗い部屋の中で息を殺して、隣で眠る基継を窺うのもこの一週間ずっとくり返してきたことだ。眠りの浅い基継に気取《けど》られないよう、呼吸にさえ注意しつつじっと見つめる。整った、精悍《せいかん》な横顔。

喉仏も顎のラインも、基継が大人の男であることを示している。週に一度くらいしかカミソリを当てないので、顎を触ると指先がちくちくと痛い。

暗闇の中、一見気難しそうにも見える顔を眺めているうち、直哉は自分の中に残っている十歳の子どもを簡単に見つけることができる。

あの頃もいまみたいに基継を眺めたことがあった。もっとも当時の直哉は、たった二年で終わる生活だとは思ってもいなかったので疑うことを知らず、寝つきもよかったので、ほんの数回のみだったが。

それでも、心の隅でずっと曖昧な不安を抱えていたように思う。あの頃はそれがなにかわからなかったけれど、いまははっきりとわかる。つまり、この生活の終わりを予感してしまっているせいだ。

昔同様突然置いていかれることを思い描いている。しかも今度は、基継が二度と山から下りてこられないのではないかという、あまりに大きな恐怖だ。

まんじりともせずに夜明けを迎える。

窓の外が徐々に明るくなり、部屋の中にも朝陽《あさひ》が差し込んでくる。

基継の上にも、障子《しょうじ》の隙間から細く陽の光が線を描いた。睫毛を伏せて視線を外したとき、基継の腕が動いた。

「おはよう、直」

まるで見透《みす》かされていたようなタイミングだなとばつの悪い思いを味わいながら、直哉もおはようと返した。

「寝てろよ。朝飯ができたら呼んでやるから」

髪に口づけられる。

「いい。もう、目が覚めたから起きる」

基継より先に布団から抜け出し、押入れへと布団をしまうといつもと同じ休日が始まる。

パーカとジーンズに着替え、顔を洗ってから洗濯機を動かすのが直哉の日課だ。基継は台所に立つ。

基継が味噌汁とほうれん草のお浸《ひた》しを作っている間に、直哉は冷蔵庫から納豆を取り出して器に移した。

鰹節《かつおぶし》とネギ、うずらの卵を入れなければ完璧《かんぺき》じゃないと基継は言う。それらを入れたら、頭の中で数えながら百回掻き混ぜる。

子どもの頃の教えを守ってきた自分に呆れ、いったい基継に刷《す》り込まれたことがいくつあるだろうかと指を折ってみたことがあった。結局、数え切れなくて途中であきらめた。小さな習慣まで含めると、それほど多くの影響を受けているのだ。

朝食を作る間に、基継は昼のおにぎりも用意したようだ。おかずが卵焼きとウィンナーというのは昔と変わらない。

向かい合ってご飯を食べる傍《かたわ》ら、どこまで行くかなあとのんきな台詞が投げかけられた。

「どれくらいぶりだっけ。おまえと弁当持って出かけるのって」

「一ヶ月ぶりくらいじゃない？」

「ああ、そうだな。一ヶ月ぶりだ」

十年の歳月と比べれば、一ヶ月などほんのわずかだ。日々暮らしていくうえでは、一ヶ月は結構長い。

離ればなれならなおさら、一週間も気が遠くなるほど長く感じるだろう。

「公園行ったたね。でも、寒かったからすぐに帰った」

「そうだった。あ、けど、その前に水族館寄っただろ？」

「うん。俺、水族館って初めてだった」

「俺もだ」

思えば寂しい子ども時代だった。どこかへ遊びに連れていってもらった記憶もないし、外食の思い出さえほとんどない。いまから考えれば、誕生日のケーキだけ志津子は欠かさなかった。が、それすらひとりで食べるときもあったのだから、いい思い出とは言えない。

「基継が山ばっか連れてったから、俺の出かけた思い出って、山歩きとおにぎりだよ」

なんだかおかしくなって吹き出すと、基継も目を細める。

「そうだったよなあ。あれは愉《たの》しかった。な？」

「まあ、そうだけど」

それでも、口に出せるようになっただけ直哉も基継も進歩したのだろう。頭の中に思い描くばかりで誰にも語らなかった以前より、確実に気持ちは楽になっている。

もとより、それもふたりでいればこそだ。ひとりになってしまえばまた後戻りする。なにも残らない。

「ごちそうさま」

「ごちそうさま」

使った食器を流しに運ぶと、基継が洗い始める。その間に直哉は洗濯物を干す。

天気がいいので、今日は気持ちよく乾いてくれそうだ。布団は干せない。帰りが遅くなるかもしれないし、夕立に見舞われる可能性もゼロではない。

縁側から庭に下り、手際よく洗濯物を干し終える頃には基継の片づけも終わっていて、すでに弁当と水筒の準備が整っていた。

「上着持っていけよ。潮風は冷たいから」

家から駅までは徒歩で二十分ほどの距離だ。電車の時間を決めているわけではないので、焦《あせ》る必要はない。

玄関の鍵《かぎ》を閉めて先に歩き出した基継に、すぐに直哉も並んだ。基継は弁当だけではなく、カメラも持参する。

アルバムの冊数を増やしていくつもりらしい。写真家のくせに写真嫌いな基継の写真は一枚もなく、いまのところ直哉だけの写真が増えていく。

──ポートレイトなんて撮ることないからな。

あの言葉は、嘘ではなかった。基継がカメラを向ける人間は直哉ひとりだ。

「外出日和《びより》だな」

基継が空を仰《あお》いだ。

「だね」

このぶんならジャンパーは不要だろう。陽のあたる背中はぽかぽかと暖かい。

幼稚園の前を通りかかると、桜の木が門から張り出すように枝を伸ばしていて、並んだ蕾《つぼみ》はいまにも綻《ほころ》びそうだった。空には刷毛《はけ》で描いたような雲が悠々と流れ、安気だなと直哉は深呼吸をした。

あれから、基継に変わったところはない。いつからいつまで家を空けるのか、詳細についてまだなにも話してくれない。

いっそキャンセルになってしまえばいいのに──もしかしたらキャンセルになったのでは

ないだろうか——なんて、けしかけた直哉自身が後ろ向きな期待をしてしまっている。

駅に着き、切符を買ってからホームへ上がる。ほどなくやってきた電車に乗り込み、一時間ほどかけて目的地へと向かった。

駅に降りた途端に潮の香りがしてくる。海岸までは十分あまりで着いた。

時期外れなせいか、ちらほらとサーファーの姿が見える程度で閑散《かんさん》としたものだ。階段を使って砂浜に下りると、そのまま並んで腰を下ろした。

きらきらと波間に反射する陽の光が目に眩しい。基継は両手の親指と人差し指で四角を作ると、そこから遠くを覗き込む。

「昼間より、夕暮れ時とかのほうがいい写真撮れるんじゃない？」

「いや、でもないぞ。昼間は昼間、夜は夜。まったく別の顔を見せてくれるからな。それに直を撮るなら、太陽の下のほうがいい」

そんなものかと思う。確かに基継の撮ってきた直哉の写真は、そのほとんどが太陽の下だ。子どもの頃から、昼寝の顔だったり、庭で泥《どろ》だらけになっている顔だったり、基継はなにかと格好悪い直哉の写真を好んで撮った。

基継に言わせると、それが可愛《かわい》い——らしい。

「波打ち際まで行ってみるか」

基継に誘われて腰を上げる。どうやら目的は写真のようで、基継の手にはカメラがあるが、直哉にしてもそうシャッターチャンスを与えるつもりはなかった。

サーファーたちはみな沖へと出てしまい、周囲には誰もいないという状況が直哉にまた昔を思い出させる。

手を繋ぐという行為になんの躊躇《ためら》いもなかった子どもの頃。それでもキスをするときはどきどきして、毎回手のひらが汗ばんだ。

いまは外で手を繋がなくなったものの、その代わりにまなざしで伝わることもあると知った。おそらく基継は直哉の不安を察しているだろう。

ファインダーを覗く基継の横顔を見る。

真摯《しんし》な表情だ。まっすぐな目で自分のことも撮っているのだと思えば、胸の奥がじんと疼いた。

いまのままがいい。結局のところ直哉の希望はそれしかない。

基継とふたり、志津子の遺《のこ》してくれた家で静かに暮らしていけたら他にはなにも望むものはなかった。

「直、靴が濡れてるぞ」

「え」

咄嗟に後ろへ飛ぶと、砂に靴先が取られてバランスを崩す。慌てて立て直したところに、パシャリとシャッターの下りる音が聞こえた。

「なに撮ってるんだよ」

文句を言う間も、続けざまにパシャパシャと何度も音がする。膨れっ面をすればするほどレンズは追いかけてくる。

「もういい」

ぷいと横を向いてからも二、三度シャッターを切って、やっと基継はカメラを下ろした。

「やめたぞ。これで機嫌直ったか？」

散々撮ったあとで、やめたもなにもない。

「腹減ったんじゃないのか？　弁当を食えばきっと機嫌が直る」

しかもこの言い草だ。

「なに。ひとを動物みたいに」

顔を基継へと戻し抗議したとき、ぐるぐると腹が鳴った。気恥ずかしさからいっそう顔をしかめた直哉だが、基継に促されてもとの場所へと戻る。

基継がザックから出した弁当の包みを、並んで開いた。

「たまにはこうやってのんびりするのもいいなあ。命の洗濯だ」

早速おにぎりにかぶりついた基継が目を細める。

「命の洗濯ってなに。年寄りくさい」

直哉もおにぎりを頬張った。具は、いつもと同じで「おかか」と「こんぶ」。

でかいばかりで形がいいとはお世辞《せじ》にも言えないが、味はいい。塩加減が絶妙で、具との相性も申し分ない。海を眺めつつ水筒に入れてきた熱い茶を片手に手作りの弁当を食べていると、確かに心が自然に落ち着いてくる。

弁当を平らげ、二杯目の茶をすする頃には、基継の言ったとおり直哉の機嫌などすっかり直っていた。

もちろん不安が解消されたわけではない。この時間が永遠に続けばいいのにと、本気で思っている。

「直」

海へと目をやったまま、基継が直哉の名を呼んだ。

直哉は基継の、風になびく髪を見つめた。

「明後日から」

端整な横顔に浮かぶ逡巡《しゅんじゅん》が、声音にも表れている。基継は何度か唇を舐めたあと、ようやく本題に入った。

「明後日から一週間、写真を撮りに出かけてくる」

言い渋ったわりには、あっさりしたものだ。

直哉は、心臓を手で鷲摑《わしづか》みにされたような錯覚に囚われた。ぎゅうっと締めつけられ、痛みすら感じる。

「明後日……って、急なんだね」

ぎりぎりまで日程を教えてくれなかったことを責めると、基継は悪いと謝ってきた。が、撤回するつもりはないようだ。

「じつはさ、この期《ご》に及んでまだ思い切れない部分あったから。おまえが尻叩《たた》いてくれなきゃ、俺はきっと断ってただろうしな」

そうだ。直哉自身がけしかけた。でも、いまは後悔している。

行かせたくない。行かせてしまって基継が二度と帰ってこなかったら。あの夢が正夢になってしまったら。

「まあでも、どうせいつかは行かなきゃならないと思っていた。それが早まったってだけのことだ」

ザックの背中。

真っ白な風景。

雪に埋もれた青白い顔。

直哉の脳裏にまざまざと浮かび上がる、夢の切れ端。

「だ……駄目だ」

覚えず腕を摑んだ直哉に、基継が目を見開く。いったん口に出してしまったら、もう取り繕《つくろ》うことなどできなかった。

「行ったら駄目。いま写真集なんて出さなくてもいいよ。きっとこの先もそういう機会はあるだろうし……だから……行かないでいい。八甲田なんて」

山に取り憑かれてきた基継が、本当に取り憑かれていたのは八甲田だけだ。そこに行かせてしまったら、八甲田山に取り込まれてしまう。

直哉をたったひとり地上に残したままで。

「行ったら、駄目」

もう置いていかれるのは厭だ。今度置き去りにされたらきっと立ち直れない。

「基継。俺を、置いていかないでよ」

「大丈夫だ」

基継がほほ笑んだ。

「大丈夫じゃない。ぜんぜん、大丈夫じゃない……っ」

感情の昂《たかぶ》りに任せ、直哉は強くかぶりを振った。基継を失いたくない一心だった。

「約束する」

けれど、基継の言葉に揺らぎはない。

直哉の肩に手をやり、引き寄せ、もう一度「約束する」とくり返す。

「俺が山に固執してきたのは、確かに親父のせいかもしれない。でもな、直。とっくに山に捕えられているはずの俺を地上に引き留めるのは、直、おまえなんだ。おまえの存在が俺を山から下ろす」

「……でもっ」

「必ず帰ってくるよ。俺が直との約束を破ったことがあったか？　俺の帰るところは、おまえのところしかないんだよ」

「……基継」

すでに心を決めてしまった基継の表情はいっそさばさばして見えた。

その顔を前にしてなにも言えなくなり、直哉は震える唇を噛《か》むことしかできなかった。


出発までの二日間は、あっという間に過ぎていった。普段と変わりなく、直哉はアルバイトをこなした。

基継が望んだのだ。

——特別じゃない。直が仕事に行くのと一緒で、俺も仕事をしにいくだけのことだ。終われば帰ってくる。そうだろ？

直哉も平素とちがうことはしたくなかった。特別なことをしてしまえば、特別ななにかが起こってしまいそうな気がした。

出発前夜には椎名から電話がかかってきた。気をつけてと激励は一言だけだったようだが、きっと椎名も心配しているのだろう。

一睡《いっすい》もできずに一夜を明かした朝。いつもどおりに基継が朝食の準備をする。直哉も自分の家事をすまし、ご飯を食べたあとはコンビニにも出なければならない。

本来ならば家を空ける基継を見送るはずの直哉が、基継に見送られて先に家を出る。その後、直哉がいない間に基継は旅立つ。

基継はきっと、わざと直哉のアルバイトがある日を選んだのだ。たいしたことではないという考えからなのかもしれない。

上がり框に腰かけ、スニーカーを履《は》く直哉を基継はいつもどおり玄関まで見送りに出た。今日ばかりはまともに顔を合わせられず、視線をそらしたまま格子戸を開ける。

「いってらっしゃい。気をつけてな、直」

いってきますといつもと同じ返事をしたが、やはりどうしても基継を見ることができない。玄関を出て、格子戸を閉める前になんとか声を振り絞った。

「基継も、いってらっしゃい。気をつけて」

短い言葉に、精一杯の気持ちを込める。どうか無事で帰ってと、直哉が祈っているのはそれだけだ。

基継の返答は短かった。

「わかってる」

外へ出ると自転車に飛び乗り、後ろは振り向かずにひたすらペダルをこぐ。本音をいえばいますぐ引き返したかったが、そうする代わりに前だけ見て自転車を飛ばした。

基継が決めてしまった以上、止められないというのは直哉にもわかっている。基継は、行かなければならないと結論を出してしまっているのだ。

いま直哉にできることなんてなにもない。

一週間。

たった一週間だ。それでもおそらく二十年の人生でこれほど長いと感じる一週間はないだろう。

基継が家にいない。それだけのことで直哉の世界は変わる。刷り込みでも勘違いでも、最《も》早《はや》どうでもよかった。

仕事をしているときは忙しくすることでなんとか気をまぎらわせることもできるが、家に帰る時間が近づくと暗い部屋を想像して胸が苦しくなる。電気のついていない家に帰ることなど普通だと思っていたのに、たった数ヶ月で百八十度変わってしまった。

——おかえり～、直。

おたまを片手に、笑顔で迎えてくれる基継がいる家が直哉の帰る場所なのだ。ひとりきりの生活なんてもう二度とごめんだった。基継がいないと、呼吸さえうまくできなくなってしまったような気がした。

どうして止めなかったのだろう。いや、それ以前に、基継が渋っていたときにくだらない嫉妬でけしかけてしまった自分に腹が立つ。

もし、基継が戻ってこなかったら。

想像したくないのに夢で見た光景が脳裏に焼きついていて、身体が震えて、いますぐにでも基継のもとへ飛んでいきたい衝動に駆られる。

行きたい。往きたい。逝《い》かないで。生きていて。どうか基継を連れていかないで。俺から基継を取り上げないで。

他のなにと引き換えにしてもいいから、基継だけは奪わないで。

あまりに同じことばかり考えて、なにが正解でなにが間違っているのかわからなくなる。

ただ喘ぐように時間をやり過ごし、基継の帰りを待つ。毎朝同じ時刻に起きて、仕事に行って、夜には同じ時刻に眠る。すべて同じようにしたかった。

基継が作ってくれた炒飯を自分で作ってひとりで食べた。

自分の立てる音以外は、なにも聞こえない。こんなに広い家だったろうか。がらんとして、寒々しい。時折表を通る車の音がなおさらひとりでいる自分を意識させる。

――直～、風邪ひくだろ。ほら、上着持っていけ。

――言うこと聞かないと、飯食わせないからな。ほーら、今日のおかずは直の好きなハンバーグだぞ。

――ちゃんと肩まで湯に浸《つ》かってあったまれよ。

――また膨れっ面して。ほら、笑えよ。

この数ヶ月、これまでのぶんを取り返すようにいつも一緒にいた。

ひとりのときはため息ひとつ、物音ひとつが大きく響いたのに、基継とふたりで暮らすようになってからは近所のひとが回覧板を持って訪ねてきた声にも気づかないことがあった。

――直、平気か？　つらくないか？

直哉を抱くときはいつも、これ以上ないくらいに気を遣ってくれる。大丈夫だと言っても、壊れやすいものにでも触れるかのように基継がそっとするから、直哉はまるで自分が宝物にでもなったみたいな気分になる。おかげで基継がいないと眠れなくなってしまった。身体は重いのに、神経は尖《とが》っている。ぐっすり寝入ってしまえばまた同じ夢を見るのがわかっているから、眠ってもすぐに目が覚める。

四日目を数えた夜。

静まり返った部屋の中、急に携帯の着信音が鳴り出した。慌てて耳に押し当てた直哉は、直後、意外なひとの声を聞いた。

『直哉くん？』

椎名だ。なんの用事があって電話をかけてくるのだろうか、どうして椎名が番号を知っているのだろう、そう警戒しつつ言葉を待った。

『いきなりごめんなさいね。基継に番号聞いたの。基継も、直哉くんが気になってたみたいで、電話してくれって』

「……そうですか」

他人と話したい気分ではないので、返事はどうしてもおざなりになる。

『説得してくれたのね。ありがとう。お礼を言うわ』

それでもこの台詞は癇《かん》に障《さわ》り、反論せずにはいられなかった。

「いいえ。説得なんてしてません。基継は自分で決めたんです」

しかも、椎名にお礼を言われるような話ではない。基継の問題で、基継と直哉ふたりのことだ。

『そう――そうね。いつかは行かなきゃいけなかったから』

「……なんですか、それ」

確かにこの言葉は、基継も口にした。でも、直哉にはわからなくなってしまった。本当に基継は行かなければならなかったのだろうか。

どうして？

椎名にはそれが理解できるというのか。

『だってそうじゃない。父親の最期の場所なのよ。子どもの頃に基継から父親を奪った山。

基継にとって山はけっして優しい味方ではないし、八甲田は特に――憎んでいる場所と言ってもいいんじゃないのかしら。これまで基継が八甲田に行けなかったのは、そういうことでしょう。だからその憎しみをすべて、今回八甲田にぶつけてほしいと思ったのよ』

声音にわずかに同情を滲ませてそう言うと、椎名は短いため息をつく。

そうだろうか。基継は憎しみをぶつけるために八甲田に行ったのだろうか。

直哉にはそう思えない。

基継は山を憎んでいるわけではないような気がする。最初はもちろん、両親ともに取り憑かれていた山を恨《うら》む気持ちはあったかもしれない。でも、長い年月をかけて基継がいろいろな山に登り続けたのは、憎しみからではないような気がしている。

もし椎名の言うとおりだったなら、直哉と山に遊びにいっただろうか。

弁当を持って、基継はカメラを持って、山歩きに出かけた子どもの頃。もし基継の心の中に山への憎悪があるのだとしたら、直哉を連れていかなかったのではないか。

そう思うから、基継の奥底にあるのが憎しみではないと思うから、直哉はこれほどまでに怖い。基継が山に取り込まれてしまいそうな気がして――。

ぞくっと背筋が寒くなる。

基継の青白い顔が、はっきりと脳裏に浮かんでくる。

駄目だ。やっぱり基継をひとりではいさせられない。

「……基継がいまどのあたりにいるのか、椎名さんは知ってますか。知ってたら教えてもらえませんか」

『え――』

突飛《とっぴ》な質問だったのだろう。椎名はすぐには返答しなかった。たっぷり間を空け、怪訝《けげん》そうに直哉の名前を呼んできた。

『だいたいのルートは把握してるわ。でも、直哉くんがそれを知ったところでどうしようもないわよ』

疑心の滲んだ声音に、直哉の答えは決まっていた。

「迎えにいきたいんです」

『なにばかなこと言ってるの？』

即座に反論が返る。

『自分の言ってることがわかってるの？　直哉くんが行けるわけないでしょう。もし山に入れたとしても、いくらもしないうちに遭難《そうなん》して、二度と帰ってこられなくなるわ』

椎名の言い分はもっともだ。直哉自身、無茶は承知のうえだった。

「それでも……俺、行きたいですっ」

基継をひとりで雪に埋もれさせるなんて、耐えられない。妄想《もうそう》じみていると自分でもわかっているが、その妄想が止められないのだ。

『直哉くん。基継はプロよ。山の怖さも十分わかってるわ。だけどもし素人《しろうと》のあなたが追いかけていって、基継が戻ってきたときにいなかったら、基継はどうすればいいの？』

厳しい声音で正論をぶつけられ、二の句を呑《の》み込む。単なる我が儘でしかないという自覚があるだけに、ぐうの音も出なかった。

『直哉くんは、死ぬほど心配させたいの？』

「ちが……います」

待っていると言ったのに待っていなかったら、きっと基継は失望するだろう。なんで待てなかったのかと直哉を責めるかもしれない。そもそも素人の自分が山に行けるなんて一瞬でも考えたこと自体、間違いだ。

なにもできない自分が悔しくて、直哉は唇をきつく噛み締める。

長い沈黙のあと、椎名は意外な台詞を口にした。

『明日、会えないかしら』

すぐには返事ができなかった。

『直哉くんに時間があるなら』

だが、椎名が直哉を呼び出す理由はひとつしかない。きっと基継に関することだ。それなら迷う必要はなかった。

「大丈夫です。どこへ行けばいいですか？」

『うちの編集部に来てもらえると嬉しいんだけど』

「わかりました」

承諾し、時間を決める。上京するのは中学の修学旅行以来だが、午前中に家を出ればその日のうちに帰ってこられるだろう。

電話を切った直哉は、しんと静まった部屋でふたたび基継のことに意識を向ける。きっと大丈夫、基継は無事帰ってくる、幾度《いくど》となくそう自分に言い聞かせつつ、いつもと同じ時刻に布団に入った。


翌日は予定どおり早めに家を出て、電車を乗り継ぎ教えられた出版社へと向かった。片道三時間かかるので、久々の遠出だ。

受付をすませ、ビルの三階にある椎名の編集部のドアを開けると、煙草の煙の充満した部屋で数人の男女が忙しく働いていた。

けたたましい電話の着信音に負けじと声高に話している者、デスクに鼻先がくっつきそうなほど顔を近づけペンを走らせている者、険しい顔で考え事をしている者、いろいろなひとがいるが、誰ひとり直哉の存在に気づく者はいない。

「あの、椎名さんはいらっしゃいますか」

圧倒されつつもすぐ近くにいた、直哉と同じくらいの年齢の若者に話しかけると、彼は「副編！」と声を張り上げた。奥のデスクにいた椎名が顔を上げ、直哉を認めるとその顔に笑みを浮かべた。

「いらっしゃい。待ってたのよ」

指の間に挟んでいた煙草の火を消しながら椎名は椅子《いす》から立ち上がり、デスクの間を縫《ぬ》うようにして歩み寄ってくる。

「ごめんなさいね。こんなところまで来てもらっちゃって」

「いえ」

椎名のイメージから洒落《しゃれ》た職場をイメージしていたが、テレビドラマで見たとおりの適当に乱雑な編集部だった。

「野田《のだ》くん、悪いけどコーヒーこっちにも頼めるかな」

さっきの若者に声をかけ、椎名は応接スペースへ直哉を招く。パーティションで仕切られたそこにはキャビネットがあり、雑誌や書籍、写真集等が並んでいた。

テーブルの上には雑誌のみならず、ファイルやネガまで置かれている。

ソファに向かい合って座るとすぐに、椎名は口早に切り出した。

「もう六年前になるんだけど、知り合いが偶然に目にした写真を持って、うちにやってきたの。ちょっと面白いものを撮る男がいるって。それがこの写真」

テーブルに置かれたファイルのページに目を落とす。冬山を撮ったものだ。濛々《もうもう》と舞い上がる雪は、まるで地面から湯気が湧《わ》き上がっているようだ。どこの山か知らないが、基継の撮った写真だというのは確認してみるまでもなかった。

椎名も改めて説明する必要はないと思っているのか、詳細を抜きにして話を進めていく。

「それからすぐに仕事をしてもらうようになったんだけど、当時の基継は気難しいなんてものじゃなかったわ。二十三、四の若造のくせにって、たぶん誰もが一度は思ったんじゃないかな。それでも本気で反感を買わなかったのは、不器用なくらい真摯な姿勢のせいだったのよね。ほんの少し肩の力を抜けばずいぶん楽になるはずなのに、基継はそれを頑なに拒んでいたの。まるでそうしなければならないと、自分に課しているみたいだった」

椎名の言葉に耳を傾ける一方で、直哉は雑誌に手を伸ばす。ぱらぱらとめくると、見開きの山の写真が目に入る。

これも冬山。すっかり色をなくし傾いだ木々が、過酷《かこく》な条件の中、やっと息をしている。それはまるで当時の基継自身を想像させるようだと思う。

「六年間の基継の仕事がここにあるわ」

椎名が、テーブルの上に積まれた雑誌やファイルを示した。

「……あの」

雑誌から目を上げた直哉は、躊躇いがちに口を開いた。

わざわざ直哉を呼んだのは、これを見せるためだったのだろう。でも、どうして……。

直哉が質問する前にドアが開き、コーヒーが運ばれてくる。野田と呼ばれた青年がいる間はふたりとも黙っていたが、去るとまた椎名から口火を切った。

「直哉くんは見ておきたいだろうと思ったの。これからの興津基継を見ていくなら、過去は絶対知っておくべきだわ」

基継が直哉のことをどんなふうに話したのか、知らない。でも、少なくとも椎名は、直哉のことを特別だと思っているのだ。

基継の言った台詞が思い出される。

――俺が山に固執してきたのは、確かに親父のせいかもしれない。でもな、直。とっくに山に捕えられているはずの俺を地上に引き留めるのは、直、おまえなんだ。

そうか。それなら確かに自分は基継の撮ってきたものを見ておかなければならない。ここにある写真は、基継の人生そのものだ。

黙って頷いた直哉は、早速上から手に取っていく。ほどなく没頭し、椎名がいつ応接スペースからいなくなったのか、それすら気づかなかった。

写真を見る傍ら、当時の基継を思い描く。直哉が会えなかった十年のうちの六年分が、そこには凝縮《ぎょうしゅく》されていた。

すべて山の写真だ。写っているのは自然の美しさばかりではない。ときには荒々しさや過酷さのほうが際立ち、恐怖さえ垣間《かいま》見せる。

雪深い山。木々が抉《えぐ》れ、ごつごつとした岩肌が剝《む》き出しになった山。

砂煙が空まで立ち昇る山。

乾き切った大地から、小さな芽を吹く山。

渇《かわ》きや、飢《う》え、そして生への執着。

死と隣合わせという強烈なまでの力強さは、あまりに不確かで脆《もろ》い。まるで基継の不安定な心情がそのまま映し出されているかのように直哉には見えた。

どれくらいたった頃か。

「直哉くん」

声をかけられ、我に返って顔を上げた。

「お腹すいたでしょ。食事に行かない？」

そう言われて腕時計へと目を落とすと、すでに午後五時を過ぎていた。いつの間に時間がたったのか——直哉は驚き、苦笑する。

「ありがとうございます。でも、もう少しで見終わるし……見終わったら、すぐに失礼します」

「そう？」

椎名はそれ以上誘ってくることはない。ふたたび写真に目を戻したとき、今度は小さく笑う声が耳に届いた。

まだそこに立っている椎名を窺う。よほど面白いことでも思い出したのだろうか、椎名の表情は愉しげだ。

「直ってね、最初はてっきり女だと思ったのよ」

「え？」

「だってしょうがないでしょう？　基継が何度か寝言で呟《つぶや》いたんだもの。忘れられない過去の女だって、誰でも思うわよね」

いきなりの話題に面食らう。

が、こんなときでも直哉の感情はじつに正直だ。寝言という単語に嫉妬を覚える。このひとは基継と一緒に夜を過ごしたのだ。

「だから、別れるときに慰謝料《いしゃりょう》代わりに白状させてやったのよ。そしたら、直哉って言うじゃない？　しかも、可愛がってた子どもでそんな気持ちはないなんて、言い訳するのよ。こっちが呆れるくらい惚《ほ》れ込んでるって目をしてるくせに」

「……椎名さん」

けれど、それが間違いだとすぐに気づいた。これは、嫉妬を感じていい話ではない。椎名は心から基継という人間を理解し、愛してきたのだろう。写真家としてだけではなく、ひとりの男として。

直哉にはそれがわかる。なぜなら、同じ男を心のすべてを傾けて愛してるのだから。

「あのとき、悔しい気持ちがなかったと言ったらたぶん嘘になるけど、いまは、心からよかったと思ってるの。だって」

ふっと椎名の表情がやわらいだ。

「ねえ、直哉くん。基継の恋は叶《かな》ったのよね。基継に会って驚いたわ。いつもどこか痛そうな顔をして生きていた基継が、とても幸せそうに笑うんだもの」

そうだった。基継にとって愛することと愛されることは、イコールで結ばれるものではなかった。子どもの基継が求めてやまなかっただろう両親は、ともにべつのものに囚われてしまっていた。父親は山に、母親は山に向かう父親に。

一方通行であることが、基継にとっての愛だったのだ。ずっと。

そのせいで誰かを愛することを拒んできたであろうことは想像に難《かた》くない。

だからこそ直哉との二年が、特別だった。あの二年間の思い出だけで生きていけると告白したあの言葉の中に、基継の正直な気持ちが込められていた。

愛するひとに、同じだけの愛を返してもらう幸福を、あの二年で基継は知った。直哉がそうだったように。

直哉と基継はとてもよく似ていた。そうして、心から愛し愛される存在を見つけることができたのだ。

直哉は息をつき、手にしていた写真の束《たば》をテーブルへと戻した。

「ありがとうございます。俺……見せてもらえて、よかったです」

しっかりしなければ。

基継が帰ると言ったのだから、直哉は待っていればいい。

「あと三日ね」

「はい」

あと三日。三日目には基継が帰ってくる。ただいまと、少しはにかんだような笑顔を見せてくれるはずだ。

膝を抱えて、不安ばかり募らせて直哉が過ごしていたと知ったら、ばか野郎と怒るにちがいない。俺の言葉を信じられなかったのかと。

直哉がすべきことは、心配して余計な想像をすることではない。

信じて基継を待つこと。

基継はけっして直哉を軽くあしらわなかった。小さな子ども相手にいつも精一杯で接してくれ、嘘やごまかしを口にしなかった。

だからこそ直哉は、一分の隙もないほどに基継を信じ、心を委《ゆだ》ねられたのだ。そんな自分が基継を疑っては意味がない。

「俺、帰ります。今日は、どうもありがとうございました」

頭を下げ、それからすぐにビルをあとにし家路についた。

電車に揺られて家に帰る。

寂しがっているわけにはいかない。ちゃんと生活しながら待っていたと、基継が帰ってきたときに報告しなければならないのだから。

直哉はいたずらに不安がるのをやめた。

翌日の休みには部屋の大掃除をし、布団を干し、買い物にも出かけた。以前直哉が作ってうまいと言ってもらった野菜スープの材料を仕入れる。たまにはワインでも買おう。基継は下戸《げこ》だが、祝いのときくらい一緒に飲むのもいい。

そうだ、それからセブンスターも買い足《た》しておいたほうがいいだろう。

次の日も積極的に行動した。普段以上に接客に熱を込め、うちでは押入れの天袋の整頓《せいとん》もした。

三食きちんと残さず食べた。基継の作ったご飯に慣れたせいで、あまりおいしいとは言えなかったが、食い物を残すなという基継の教えに従ったのだ。

そして、いよいよ基継が帰る日を迎える。

迷ったすえ、今日だけは仕方がないと直哉はコンビニを休んでしまった。いつ基継が帰ってきてもいいように家で待っていたかった。

一週間ぶりに山から下りてきたのに、誰も迎えるひとがいないのでは寂しいし、きっと基継は直哉に迎えてほしいはずだと思ったからだ。

少し照れくさい気もする。一週間ぶりに直哉の前に現れた基継は、まず最初になんと言うだろうか。直哉はどんな顔をすればいいのか。考えるとどこかこそばゆい。

早朝から落ち着きをなくした直哉は、そわそわしてその瞬間を待った。もしかしたら夕飯を一緒に食べられるかもしれないので、野菜スープと唐揚《からあ》げの準備をする。ちょうどいつもの時間に合わせて用意したが、早すぎたようで両方冷めてしまう。

玄関の鍵は開けっぱなしだ。けれど、待てども待てども格子戸が開けられることはない。深夜になっても基継は帰ってこなかった。時計とずっと睨《にら》めっこをし、ひたすら耳をすましてーーとうとう日付が変わる。

どうしたのだろう。今日帰ると約束したのに。

まさか基継は直哉との約束を忘れてしまったのだろうか。いや、そんなはずはない。自問自答している間にも、抑え込んだはずの不安が頭をもたげてくる。

まさか、基継の身になにかあったのではないか。

季節は春だ。山に慣れた基継がそうそう危険な目に遭うことはないはずだ。いや、それとも八甲田はこの季節もまだ深い雪に覆われているのだろうか。

自分には想像さえできないのがもどかしい。

——足を滑らせて、谷底に転落したときのものだ。

ふいに、肩の傷痕が目に浮かぶ。ひどい傷痕だ。死んでもおかしくなかったと、基継は軽い調子で直哉に話した。

谷底に……。

横たわる基継の映像が目の前に現れる。

頭から血を流し、ぴくりとも動かない。

「……あり得ないっ」

震え始めた身体を自分で抱き締め、直哉はその場にしゃがみ込んだ。そうしないと家を飛び出し、闇雲に彷徨いそうだった。

——必ず帰ってくるよ。俺が直との約束を破ったことがあったか？　俺の帰るところは、おまえのところしかないんだよ。

基継は約束してくれた。だから、絶対に帰ってくる。もう二度と直哉を置いていったりしない。直哉も約束を守って、この家で基継を待っていなければならない。

歯を食い縛って自制する。

少しの遅れなんてよくある話だ。基継のことだから、きっと夢中になって撮っているにちがいない——自分に言い聞かせる一方、べつの声も頭の隅で響いてくる。

そうだろうか。一週間で帰ってくると言った基継が、一日でも遅れるだろうか。

駄目だ。余計なことを考えるな。

必死で厭な思考を追い出し、ここ数ヶ月の出来事に意識を向ける。基継がこの家に戻ってきてからの数ヶ月は、過去の二年に勝る日々だった。

基継が好きだという気持ちは変わらないが、それを表す方法が増えた。抱きついて手を繋ぎ、ときどき唇を触れ合わせるのが精一杯だった昔とはちがい、いまは身体の隅々まで触れ合わせることができる。

直哉にとって基継とのセックスは、きっと基継自身が思っている以上に重要だ。大きな手で髪を撫でられ、直と、普段よりも少しだけ上擦った声で呼ばれると、身も心も満たされる。基継の気持ちが直哉の真ん中まで注ぎ込まれてくるようだ……と言えば大げさだと笑われるかもしれないけれど。

「……基継」

いや、たぶん基継は笑ったりしないだろう。照れくさそうに唇の端を吊り上げて、

――いつも注ぎ込んでるよ。俺の愛も情も。

きっとそう言う。直哉には表情まで目に浮かんでくる。

深呼吸をした。大丈夫だ。きっと基継はもうすぐ帰ってくる。そっと目を閉じ、耳をすませば、ほら、足音が聞こえてくる。

足早に戻ってきて、玄関の戸を開けて、三和土で靴を脱ぐ。

大きな荷物を背負ったまま、直哉にただいまと言って、ぎゅっと抱き締めてくれるのだ。

「基継」

固く閉じた目から、ぽろりと涙がこぼれ落ちた。泣くまいと決めていたのに、どうしようもなくあふれてくる。

「悪い、直。遅くなった」

「これって……空耳?」

「確かめてみろよ。ほら、目を開けて」

夢だったらどうしよう。怖い気持ちが拭えないまま、そっと瞼を持ち上げる。ゆらゆらと滲んだ、基継の顔がそこにはあった。直哉が思い描いていたとおり、少し照れくさそうな顔をして直哉のすぐ目の前にいる。

「ただいま、直。遅れてごめんな」

その両腕が伸び、ぎゅっと抱き締めてくれた。

「基継?　基継、帰ってきたんだ?」

「ああ、帰ってきた。ちょっと予定より遅れちまったけど、約束どおり直哉のところに帰ってきたよ」

「——基継」

冷たくなっている基継の頬に、濡れた頬をくっつける。ざらりとした髭《ひげ》の感触に、どうしようもなく胸がいっぱいになった。

「基継……っ、基継っ」

直哉は夢中でしがみつく。ぽろぽろと涙は止まらない。

「俺……俺、ずっと待ってた。この一週間……基継のことだけ考えて待ってたんだよ」

「ああ。俺も山にいる間じゅう直哉のことを考えていたよ」

とても穏やかな声が、直哉の耳に注ぎ込まれる。基継はいつも直哉に優しいが、いまはどこか、清々《すがすが》しさのようなものも感じられた。

「俺は——もしかしたら自分も、親父やお袋と同じで山に憑かれているんじゃないかと心の隅で思ってきた。いつか親父のように山で死ぬのかもしれないと覚悟をしていたときもあった。それが俺の運命だと信じてたんだ。これまで八甲田に行けなかったのは、その答えを突きつけられるのが怖かったんだろう」

「……そっか」

基継の晴れがましい告白を聞いて、直哉はようやく長年の胸のつかえが取れたような気がしていた。

基継が山に行く理由がやっと理解できた。

やはり基継の中には憎しみなどない。答えを探していたのだ。

最期の地に山を選んだ父親と、その父親を恨むことがすべてだったという母親。

基継にとって山はずっと、常に相反する感情の中にあるものだった。

行かなければならない場所。行ってはいけない場所。

目指す場所、背を向ける場所。

留まる場所なのか、去る場所なのか。

基継はその答えを見つけてきた。

「でも、八甲田に行ってよくわかったよ。俺はカメラマンで、アルピニストじゃない。俺にとって山は向かうべきところであって、帰るところじゃなかった。俺には、帰らなきゃいけない場所がある。とても大切な、愛しいひとのところだ。それがわかっただけでも、あの山に行った意味がある」

基継が、長い息を吐《は》き出した。

「直哉」

そうして、情の込もったまなざしを直哉に向けてこう繋いだのだ。

「おまえが、ここにいるもんな」

「基継……っ」

これ以上我慢できなかった。直哉は子どもみたいにしゃくり上げて泣いた。いや、子どもの頃でさえこんな泣き方をしたことはない。

「お……かえりっ。おかえり、基継」

一生懸命声を振り絞る。直哉のぐしゃぐしゃに濡れた頬に、基継は笑いながら何度も唇を触れさせた。

直哉から求めてキスをする。

ザックとカメラバッグを、基継は肩から落とした。

直哉は震える手で基継のジャンパーの前を開き、腕から抜く。あとは、時間を惜《お》しむようにお互いの身につけているものを剝《は》ぎ取った。

隙間のないほど抱き合い、口づける。舌を絡ませ、吸い、吐息を奪い合うように深く唇を合わせる。

「……ぁ」

「冷たいか」

胸に触れた指先は、とても冷たかった。その手に直哉は自分から身体を押しつけた。

「あっためてあげるよ。基継」

「直」

基継は直哉の首筋に口づけ、手のひらで肌をまさぐってくる。

「一週間ぶりの直だ」

「……うん」

「俺の直」

「うん。基継の直哉だよ」

両手を基継のものへと伸ばす。愛しさが身体の芯《しん》から込み上げてくる。

直哉は基継の腕を擦り抜け、跪《ひざまず》いた。

「……直」

勃《た》ち上がってきた中心を手のひらで包み込み、さらに育てる。愛おしさに任せて直哉は唇を寄せ、先端に口づけた。

頭上で息を呑む気配がする。勇気づけられて、そのまま口中へと含んでいった。

舌を使って舐《な》め、唾液《だえき》を絡ませ、頭を動かす。含み切れない根元の部分は指で刺激を与えた。

基継の手が、促すように直哉の髪を撫でてくる。

上目で窺うと基継と視線が合った。眉間《みけん》に皺《しわ》を寄せ、少し苦しげにも見える表情が堪らなく色っぽくて、尾《び》てい骨《こつ》のあたりがぞくぞくし始める。

先端から滲んできたものを舌ですくい、直哉は問いかけた。

「気持ち……い？」

「ああ」

基継がほほ笑んだ。

「すごくいい。すぐいきそう」

初めての行為なので下手《へた》なのはしようがない。でも、基継がちゃんと気持ちよくなっていると、一番直哉がわかっている。

基継があふれさせたものを舌で搦め捕りながら、直哉は口での奉仕に夢中になった。

「直……」

「ふっ……ぅんっ」

基継が気持ちよくなれば、直哉も一緒に昂ってくる。触られてもいないのに、自分のものが震えるほど昂奮《こうふん》していることを自覚した。

口を動かしながら、膝をすり合わせる。自然に口淫《こういん》のピッチが上がっていく。

「出るって、直。ほんと……やばい」

「っく……ん……」

「直……っ」

苦しげにも聞こえる基継の声。掠れて、呼吸も荒い。

基継が身を退いた。口の中を満たしていたものがなくなって、直哉は責めるように基継へと視線を投げかけた。

膝が畳から浮き上がる。基継が直哉を抱え上げたのだ。基継は隣室への襖を開けると、隅に畳んでいた布団を片手で敷き、そこへ直哉を横たえた。

基継にしてはめずらしいほどに性急で、少しだけ乱暴な手順だ。

「基……ぁっ」

胸の先にキスされて、おかしな声が洩れた。

「あ……んっ、やぁ」

吸いついて強引に尖らせた場所を基継の舌が弾《はじ》き、転がす。口に含まれ、好きなように弄《いじ》られて、直哉は痺れるような快感に覚えず腰を突き出していた。

「基継……い……あぅっ」

期待を裏切らず大きな手が、直哉のものを包み込む。胸を舐められながら性器を揉《も》まれると、蕩《とろ》けそうなほど気持ちよくてなにも考えられない。

直哉の胸を吸う音に、そのうちべつの音も混じる。基継が手を上下するたびにそこから濡れた音がするのだ。

「……ぁ……ぅん」

捏《こ》ね回すように先端を刺激され、厭でも濡れている自身を意識させられる。

「あ、あ……ぅ……やだぁ」

もう出そうだと基継の髪を引っ張った。胸から顔を上げた基継にほっとしたのも束の間、基継は直哉の脚を大きく割り、今度はそこへと頭を沈めてきた。

「ひっ、あ、出る……やだっ」

舌を絡めて吸いつかれ、堪え切れずに直哉は基継の口中へと吐き出した。さらに促すように扱《しご》かれ、最後の一滴《いってき》まで搾《しぼ》り取られる。

「あぁ……っく」

自然にこめかみを涙が伝う。背中をしならせた直哉は、眩暈《めまい》を覚えるほどの絶頂に声を上げて乱れた。

余韻《よいん》に浸る間もなく直哉の身体をすかさず基継は返し、背中から抱き締めてくる。うなじにキスされて、ほっと力を抜いた直哉はそのキスが腰にくるまで基継の意図に気づかなかった。

尾てい骨に口づけられ、身を捩《よじ》った。

「基継……なに?」

「じっとして」

「やだ……あ……ひぅ」

舌が、狭間《はざま》を滑っていく。手で広げられた場所をねっとりと這《は》う。

「やだ。そんな……しな……ローションが……」

逃げようとしても、基継の手に縫い止められていては微塵《みじん》も動けない。直哉にできるのは、シーツを両手で掻き寄せることくらいだ。

「あ……んっ、や、あぁ……っ」

濡らされ、舐められ、吸われて、力を入れているにも拘《かかわ》らず直哉のそこは綻んでいった。甘く疼き出した場所を舌で辿られると、これまで味わったことのない類《たぐい》の快感がそこから込み上げてくるのだ。

羞恥心《しゅうちしん》も理性もまだ残っているのに、身体は正直だ。もっと擦《こす》って、奥をどうにかしてほしくなる。

「…基継……基継っ」

内腿《うちもも》が痙攣《けいれん》する。これ以上は堪えられそうにはなかった。

「は……やくっ。早く、基継……っ」

すすり泣いて懇願した。一秒だって待たされたくなかった。

「直……直哉」

濡れそぼった入り口を、さらに指で広げられる。直哉の中はその手順ももどかしいと感じるほどに基継を求めていた。

「基つ……っ」

熱い屹立《きつりつ》が押し当てられたとき、ほっとしたほどだ。

シーツを握り締めた直哉が息をついた瞬間、先端がもぐり込んできた。

「うぅ……あ」

初めから苦しさよりも快感が勝る。基継のものに擦られる内壁がざわついて、全身の産毛《うぶげ》が逆立《さかだ》つような感覚に囚われる。

ゆっくりと奥まで埋め込まれ、喉が鳴る。軽く揺すられれば、明らかに濡れた声が唇からこぼれ出た。

「ふ……ぁんっ……基継、基継」

自分の声が自分のものではないみたいだ。ひどく甘ったるくて、舌っ足らずに聞こえる。

恥ずかしいなんて思う気持ちもすでに薄れ、ただ気持ちいいばかりになる。

「あ、あぁ、んっ……い……」

内壁を引きずって退いていった基継がふたたび深い場所まで挿《はい》ってきたかと思うと、揺すり上げて奥を刺激してくる。これまでも十分感じていたが、今日は一段と激しい快感に襲われる。

「ぁんっ……」

「直――」

「やぁ……もっ……」

「もっと？　直、もっとか？」

「う……うんっ。もっ……とぉ」

腰を捩る。その直の腰を基継が摑んだ。

「ひ……あっ、あぁ」

中を擦られ、奥を突かれて、直哉は声を嗄《か》らして喘いだ。

快感の証《あかし》があとからあとからあふれ出て、シーツまで糸を引く。こうなるともう自分ではどうにもならない。

「う、ぅんっ……やぁ……」

だらだらと長引くクライマックスに、直哉は泣きながら髪を振り、乱れた。

「直……っ」

基継がこれまで以上に深く挿ってくる。勢いよく吐き出された基継の飛沫《ひまつ》さえ快感になり、直哉は一際大きな声を上げた。

「直」

荒々しい吐息が、背中に触れてくる。基継が直哉をきつく抱き締め、うなじにキスをしてくれる。

「も……とつ……」

直哉も重くなった両手でなんとか基継の腕を抱き込むと、甘い声で何度も名前を呼ばれた。単純に嬉しかった。抱き合えることが、一緒に気持ちよくなれることがこれほどまでに幸せだ。

基継は直哉から身を退くと、今度は正面から抱き寄せてくれた。直哉は基継の脚に自分の脚を絡め、間近でその顔を見つめた。

「基継、俺ね」

嗄れた喉をなんとか宥《なだ》め、言葉にしていく。どうしてもいま、言っておきたかった。

「いつか、基継の、助手ができるようになりたいんだ」

以前から考えていたことだが、椎名に写真を見せてもらってその思いが強くなった。

「俺の助手？」

髪を撫でる手は止めないまま、基継が口許を綻ばせる。

「うん。現像の手伝いもしたいし、撮影にもついていきたい……もちろん、体力も知識もまだぜんぜん足りないことはわかってるから、これから勉強して」

直哉の本気が伝わったのだろう、双眸《そうぼう》が優しく細められる。

「大変だぞ」

「わかってる」

生半可な覚悟ではできないというのは承知のうえだった。撮影場所が山となれば、技術は当然のこと、体力気力ともに必要になるはずだ。

「明日から基継と一緒に走って、それから腕立て伏せもして――カメラや山についても勉強もしなきゃいけないし」

自分で口にして唇を引き結ぶと、頬に口づけてから基継はこう言った。

「直。俺が撮るのは、山だけじゃない」

「え……」

基継を窺う。基継は笑みを深くした。

「言っただろう。俺はアルピニストじゃないって。山にこだわる必要はないよな。俺は、カメラマンなんだから」

「——基継」

基継の瞳《ひとみ》は澄んでいる。まるで憑きものが落ちたように輝き、眩しいほど清々しい。

「そうか……そうだね。これは、ますます大変だ。俺、いろんなところについてかなきゃいけないんだから」

笑おうとしたのに、声が震えて泣き声のようになってしまった。陳腐《ちんぷ》な言い方をすれば感激したのだ。

同時に、顔も知らない基継の両親を思い浮かべながら、基継はもう大丈夫だよと報告する。基継はちゃんと答えを出したから、もうきっと揺らぐことはない。ちゃんと前を向いて生きていくだろう。

ああ、そう。もうひとつ忘れてはいけない大事な報告がある。どちらかと言えばこっちが本題だ。

基継のことは、安心して俺に任せて。きっと幸せにするから。

心中でそれだけ伝え終わると、直哉は満足して、基継の胸に鼻先を埋《うず》めた。そして、もう一度抱き合うために、キスから始めていった。

日常が戻る。

基継との日々が穏やかに過ぎていく。

すっかり夏も盛りになった頃、ふたたび椎名が家にやってきた。

「どうぞ」

中へと促したが椎名はかぶりを振り、玄関先で厚みのある封筒を差し出した。

「今日はこれを届けにきただけだから、ここで失礼するわ」

椎名から基継が受け取ったのは、もうすぐ発売される予定の写真集だ。

「わ……できたんだ」

直哉が覗き込むと、照れくささもあるのだろう、ちらりと見ただけで基継はそれを封筒の中へと戻し、直哉へと押しやった。

「わざわざ悪かったな」

ずっしりと重い。写真家としての年月の重みだ。緊張しながら直哉は胸に抱え込む。

いますぐにでも開きたい衝動からそわそわしていた直哉だが、このあとの椎名の言葉にはぎょっとした。

「撮り下ろしの写真は、うちの意図したコンセプトとは少しちがったみたい。興津基継が、八甲田を撮り下ろしたっていうのを前面に出したかったのに」

これはどういう意味だろうか。期待外れだったとでも言いたいのか。せっかく基継が決意して、八甲田へ行ったことが無駄だったと。

「しょうがねえだろ」

心配のあまり顔をしかめた直哉に反して、基継は少しばつの悪そうな顔で頭を掻いた。

「そうね。しょうがないわ」

ふたりの安穏とした様子になおさらはらはらする。せっかくの写真集なのに、しようがないではすまされない。

「あ、あの……」

堪え切れずに口を挟むと、椎名が会心の笑みを見せた。

「とてもいい写真だった。いい本を出させてもらったわ」

どうやら杞憂《きゆう》だったらしい。意図とはちがったけれど、写真集の出来には満足しているようでほっとする。が、安堵している場合ではなかった。

「ねえ、直哉くん」

椎名の目が自分に向けられ、直哉は背筋を伸ばした。

「見てごらんなさい。これが、山岳写真家としての興津基継の集大成よ。特に八甲田の写真は――」

勢いづいて捲《まく》し立てられた言葉がそこで途切れる。どうやら思うところがあったのか、椎名がかぶりを振った。

「私が言うことじゃなかったわ」

そして、やけに神妙な面持《おもも》ちで基継に頭を下げた。

「これからもうちをよろしくお願いします」

その言葉を最後に椎名は帰っていく。椎名の様子から封筒の中身に対する期待は否応なく高まり、どきどきしてきた。

「これ、見ていい？」

緊張しつつ問うと、ああと、基継はぶっきらぼうに答えた。

居間に戻った直哉は正座をし、早速封筒から写真集を取り出す。写真集の表紙を目にして、自然と背筋が伸びた。

草原に咲いた鮮やかな黄色の花が、風で揺れている。どこか見憶《みおぼ》えのある風景だ。タイトルは『ＥＴＥＲＮＡＬ　ＷＩＮＤ』。もちろん興津基継の文字もある。

「……なんか、手が震えてきた」

「なに言ってんだか」

隣に腰を下ろした基継と一緒に最初のページをめくる。そこには直哉が見たことのない景色があった。

「これは？」

「サバラン山地だ」

雄大な山々。羊の群れ。

季節ごとに顔を変えるサバランの山々が、そのときどきの自然の脅威《きょうい》を見せつけながらカメラにおさめられている。

山から山へ、どこまで続くとも知れない風景からは、ここで生きるシャーサヴァンの人々のけっして穏やかとは言えないであろう暮らしを窺い知ることができる。

日本の山もあった。

日高《ひだか》。槍ヶ岳《やりがたけ》。穂高《ほだか》。

美しくも荒々しいその山々は、見る者を圧倒する。その険しい姿は、まるで人間が踏み入れることを拒絶しているかのようだ。

椎名のところで見憶えのある写真もあるが、初めて目にしたときとなんら変わらず、直哉の胸はいっぱいになった。

直哉は、ページをめくる手を止めた。

「八甲田だ」

基継がさらりと口にする。

「八甲田――」

「ああ」

「八甲田って……こんな山だったんだ」

残雪深い山の斜面に、オレンジ色の陽の光が広がっている。雲の隙間からまっすぐに差し込む光の束は、それが遙《はる》か昔からの役目だとばかりに山を照らし、山は光を受け入れる。

美しく、気高く、そこに荒々しさはない。自然の力強さだけが息づいている。

この、八甲田の写真は明らかにこれまでのものとはちがっていた。

興津基継もなにもいない。

なにもかも削《そ》ぎ落とした、あるがままの姿。

八甲田という名の、山。

「そうだ。こういう山だった」

直哉は写真に目を落としたまま、基継の肩に頭をのせた。

基継の手が背中に回る。

「俺にはこう見えた――直、おまえのおかげだ。おまえが俺にこの写真を撮らせてくれた」

「……うん」

涙がこぼれる。どうしようもなく胸の奥が揺さぶられた。

基継はこの写真を撮るために八甲田に行ったのだ。行かなければならなかった、必要だと

言ったあの言葉の意味をいまはっきりと直哉も実感する。

「すごく……いい写真。すごく」

基継の父親は、この山に抱かれて亡くなった。この山でよかった。きっといま、基継もそう思っているにちがいない。

横から基継が手を伸ばし、ページをめくる。

最後のページだ。

草原に咲いた鮮やかな黄色の花が、風で揺れている。表紙とまったく同じものだった。ちがうのは、ひとつ。こちらのほうには、駆けていく子どもの後ろ姿が小さく映っていた。

唯一、人間を撮った写真。

そしてタイトル文字の代わりには。


父と、愛するひとへ――


堪え切れずに直哉は、基継に抱きついた。

これが、山岳写真家、興津基継の集大成。

ただひたすら山に執着した写真家のすべてがここにある。

改めて直哉は噛み締める。

基継の存在、自分の存在。ふたりでいることは、ふたりにとってなにより大事なことであり、だからこの先もずっとふたりで生きていくのだ。

涙を拭《ふ》いて、直哉は基継を見上げた。

「ねえ、基継。これから、なにを撮っていくの？」

写真家、興津基継の行く道に、ずっと寄り添って歩いていきたい。直哉にとってなにより
それは重要であり、それこそが自分の人生なのだと信じている。

「そうだな」

基継はほほ笑み、両手で四角い枠を作って直哉へと向けた。

「とりあえずは、心の動かされるままに――ってとこか」

手作りのファインダー越しに見つめ合う。

愛するひとに愛される悦《よろこ》びを分かち合いながら。

優しい記憶を胸に抱き、明るい未来に向かって十年後も二十年後も変わらない日々を自分たちは送っているのだろう。

そこには目には見えないものが確かに存在すると、直哉はいまはっきりと感じていた。

いつかじゃない明日のために

手を繋いでともに歩こう

待ち合わせをしたカフェに着いたのは、五分前だった。

「いらっしゃいませ。お一人様ですか」

ウエートトレスが弾んだ声で迎えてくれる。『モンブラン』という店名のカフェには、居《い》候《そうろう》していた友人宅の近くにあったため以前何度か来たことがあるが、名前の由来が山のモンブランから来ているのかどうかまだ確認していない。

それでも、ログハウス風の造りは山小屋を彷彿《ほうふつ》とさせ、店内に流れている音楽にはどこかノスタルジックな気分にさせられる。山小屋で小綺麗《こぎれい》なところは皆無なので、あくまでそんな雰囲気を感じるだけなのだが。

「いや。待ち合わせ」

そう答えた基継《もとつぐ》は、ウエートトレスに示された奥のテーブルに着く。

コーヒーと手作りパンが売りらしいこの店は、昼時ともなればひっきりなしに客がやってくる。パンだけを買いにくる常連客もいるようで、雑誌で取り上げられたと入り口付近の壁に紹介文が貼られている。

ウエートトレスが水のグラスを運んできたとき、ドアベルが鳴り反射的にそちらへと目を向けた基継は、

「こっちだ」

入ってきた男に向かって手を上げる。時間どおりに待ち合わせの相手――伊田《いだ》は到着し、

「よう」と応えながら基継の座るテーブルへと歩み寄ってきた。

「待ったか」

「俺もいま来たところだ」

伊田は、基継が外国から帰ってきたのち居候させてもらっていた、古くからの友人だ。

基継は友人と呼べる人間が極端《きょくたん》に少ないし、その理由も自覚している。

お互いどこまで気を許せばいいのか、どこまで踏み込むべきなのか、おそらく周囲の人間と基継の感覚にはかなり差があるのだ。

知人を介して知り合い、かれこれ五年以上のつき合いになるのだから、伊田はよほど辛抱《しんぼう》強い性格なのだろう。細い、少し下がりぎみの目と、男にしてはなだらかな顎《あご》のラインにも伊田の人柄のよさが滲《にじ》み出ている。

まったくちがう業種だというのも理由のひとつかもしれない。

写真家と公務員。

基継は頼まれて、伊田の勤務する区役所の新庁舎の写真を撮ったことがあった。

「久しぶりだなあ。俺のところ出てって、かれこれ半年以上？」

「そうだな。そんなになるか」

「おまえ、俺んとこに来たときも突然だったけど、出ていくときも急だったよなあ。『世話になった』って電話があったときは、マジで驚いたね」

伊田が肩をすくめる。

決まりの悪さに、すまないと謝罪した。

基継も当初は突然出ていくつもりなどなかったが、急遽《きゅうきょ》予定を変更せざるを得ない事態に陥った。不義理にも電話一本ですませてしまったのは、自分の非以外のなにものでもない。

「で？　昔世話になったひとのところに転がり込んだんだっけ？　いまもそのひとのところにいるのか？」

「ああ」

「いつまで」

「まあ、追い出されない限りは」

ブレンドを頼み、ポケットから煙草《たばこ》を取り出す。ライターで火をつけながら基継は、へえという声に視線を伊田へと向けた。

伊田の目が見開かれ、大げさにぐるりと一周する。

「なんだよ」

「なんだよって、びっくりしたのさ。根無し草で我が道を行くおまえが、半年以上他人と暮らしたうえに追い出されない限り一緒にいるって言うから、びっくりしたんだ。三年つき合った椎名《しいな》さんとですら、同棲《どうせい》しなかったおまえがだぞ！」

「……伊田」

力説されて、思わずテーブルについていた肘《ひじ》がずるりと滑った。まさかこんなところで感心されようとは思ってもいなかった。

煙を吐《は》き出すついでに咳払《せきばら》いをして、基継は煙草を挟んだ手で頭を掻《か》く。伊田が基継をどういう人間だと思っているのか、いまの言葉で知れようというものだ。

もっとも、己《おのれ》の欠陥についてなら一番自分がよくわかっていた。

他人に合わせることができない。心から信頼して気持ちを預けることができない。どこかでいつもラインを引いて、それ以上は近づかないし近寄らせない。

相手によって多少の差はあっても、誰に対してもそうしてきた。

それゆえ椎名とのことも、基継は関係が続くと最初から思ってなかった。

終わりは来る。遅いか早いかのちがいだけで。

三年続き、いまでも仕事上のつき合いを続行できるのは、椎名の努力に他ならなかった。

三十年のほとんどを、基継はそうやって生きてきたのだ。

たった二年を除いては。

そして、いまも、だ。

「なんつーか。俺もそろそろ落ち着かなきゃまずいだろ」

苦笑いではぐらかすと、伊田は訝《いぶか》しげな表情をしたが、それ以上追及してこなかった。

「じつはさ」

話題の転換がてら、用件を切り出す。基継が今日、ここまで足を運び伊田を呼び出したのは、昔話をしたいからではなかった。

隣の椅子《いす》からテーブルの上へと、持参した紙袋を置いた。

「なに？　俺に？」

「ああ。伊田には世話になったし、一応形になったものを見てもらおうかと思って」

「なんか気味が悪いくらい殊勝な態度じゃないか」

ははは と軽く笑って、伊田が紙袋に手を伸ばす。中身を取り出すと、ひゅうと口笛を吹いた。

「なんだなんだ。写真集なんて出たのか。おお！『ETERNAL　WIND』『興津《おきつ》基継』――すごいじゃん」

「いや……まあ、たまった写真がかなりの数になったからな」

ストレートな反応をする伊田に少し照れくささを覚え、早くしまってほしくてテーブルに放置された紙袋にしまうよう促す。が、なかなか受け取ってはくれない。

「すげー。立派な本じゃないか。写真のことはよくわからないけど、なんだかいい感じだよ、ほんと。これでおまえも印税生活？　羨《うらや》ましいぞ、こら」

ぱらぱらとページをめくり始める。

「いや。山の写真集なんて、値段高いしそう売れるもんじゃないから」

事実を口にしながら基継は、目の前で自分の写真を広げられる気恥ずかしさを味わう。尻《しり》のあたりがむずむずとしてきて、一度腰《こし》を浮かせて座り直した。

「ここで見るなって、伊田」

「なんで？」

「……なんとなくだ。帰ってから見てくれ」

ちらりと基継を見てページをめくるのをやめた伊田は、さもめずらしいものを発見したとでも言いたげに口を丸く開けた。

「照れてるってか？　顔に似合わず」

相変わらず一言多い。それが伊田の持ち味であり、いいところだ。

「悪かったな。顔に似合ってなくて。どうでもいいから、早くしまってくれよ」

「わかったわかった」

ようやくしまう気になってくれたようだが、紙袋を摑《つか》んだ伊田の手が止まる。最後のページが目に入ったせいらしかった。

これも、改めて前にするとセンチメンタルな気がして照れくさい。

父と、愛するひとへ——。

父はまだしも、愛するひとというのはやはり問題が残った。写真集を見た仕事相手や知人から、例外なく突《つ》っ込まれるはめになったのだ。

そのたびに適当にごまかさなければならなくなり、自業自得《じごうじとく》とはいえ面倒な事態になっている。

「うちに帰ってじっくり見せてもらうよ」

伊田はそれについてはなにも言わず、ひとつ息をついてから本を紙袋へしまった。

「お手やわらかに頼むな」

ぬるくなったコーヒーに口をつける。コーヒーを売りにしているだけのことはあって、ぬるくてもうまい。パンを食べたことはないが、このぶんなら期待できる。

土産《みやげ》に買って帰ろうか。

「興津」

自分の名前を呼んできた伊田の声音《こわね》にしみじみとしたニュアンスを感じて、怪訝《けげん》に思い視線で問う。伊田は紙袋を手にしたままで、基継を上目で覗《のぞ》き込んだ。

「おまえ、変わったな」

笑みの浮かんだその顔に、同じ表情をして同じ台詞《せりふ》を口にした椎名のことを思い出す。椎名の場合はそのあとに「直哉《なおや》くんは偉大《いだい》だわ」と、揶揄《やゆ》の言葉がつけ加えられたのだが。

「……そっか?」

指で鼻の頭を掻く。

「自分じゃそう意識してるわけじゃないけど、他でも言われたから、そうなのかもな」

自分の変化についてはわからないものの、直哉が偉大だという点に関しては同感だった。

直哉は子どもの頃もいまも特別だ。直哉の傍《そば》は居心地がよく、楽に息ができる。その事実が無意識のうちに自分を変えたのかもしれない。

「よかったな」

伊田の返答は一言だった。

「ああ」

基継は苦笑した。

直哉の顔を思い浮かべると、むしょうに会いたくなる。毎日顔を見て、一緒にいるのに、自分でもどうかしていると呆《あき》れるほど直哉との生活に心を奪われているようだ。

「今日はこっちに泊まるのか？」

「いや」

瞼《まぶた》の裏の直哉から伊田へと意識を戻し、かぶりを振った。

「帰るよ」

短くなった吸いさしの火を消す。伊田は残っていたコーヒーを一気に飲み干した。

「今度はおまえの家に招待してくれ」

「古くても、我が家なんだろ？」

我が家という単語が、あまりに違和感なくするりと基継の耳に入ってくる。

我が家。そうだ。あの家は直哉の家であり、すでに基継の帰る家になった。三十年生きてきて初めて基継は、心から帰りたいと思う家を見つけた。

「ああ。愛《いと》しの我が家だ」

基継の返答に伊田は頷《うなず》き、席を立った。基継も腰を上げ、伊田とはそこで別れた。

入り口左手のショップコーナーでパンを買い、その足で帰路につく。一歩外に出ると、湿《しめ》っぽい空気が肌《はだ》に纏《まと》わりついてきた。一雨来るかもしれない。

帰りも特急と鈍行を乗り継いで、三時間の道程だ。

ホームで一度電話をかけた。

『基継』

呼び出し音が消えると、すぐに直哉の声が聞こえてくる。基継が居候していた友人に写真集を渡しにいくと言ったとき、直哉はわずかばかり視線を泳がせた。すぐに頷いたので本人ですら無自覚だろうが、それが自分のせいだと基継にはわかっている。

昔、まだ十歳だった直哉を置き去りにしたからだ。直哉はそのせいで基継の遠出に敏感になってしまったらしい。いつまた消えてしまうか、潜在意識として不安が残っていても不思議ではなかった。

　写真家という職業のせいもあるかもしれない。基継の肩の傷痕《きずあと》を目にすると、いまでも直哉は眉《まゆ》をひそめる。

「これから帰る——そうだな。九時には着くと思うぞ」

『そうなんだ。あ、じゃあ、夕飯家で食べるよね』

「そうだな。近くなったら電話するから、おまえ駅まで出てこない？　久し振りに外食するってのはどうよ」

『外食かあ。何ヶ月ぶりだろ』

　直哉の、まるで子どもみたいな声に笑うと、ちょうど電車がやってきた。

「電車来たから。じゃ、あとでな」

『うん。あとで』

　慌《あわただ》しく電話を切り、携帯を尻ポケットに突っ込んだ。ゆっくりとホームに入ってきて停まった電車に乗った基継は、空いているシートに腰を下ろした。

　窓の外に目をやる。

　陽《ひ》が傾き始めた空には、今日を惜《お》しむように、淡くオレンジ色に縁取られた雲が幾重《いくえ》にも棚引《たなび》いていた。

　もうすぐあの山の向こうに陽が沈む。

基継は親指と人差し指で四角を作り、片目を瞑《つぶ》って覗いた。

穏やかな風景だ。

山に比べれば地上は楽園、と以前直哉に言ったあの言葉は嘘《うそ》ではない。

季節に関係なく、気を抜けば肩に傷を負ったときのように谷底に吸い込まれる。打ち所が悪ければ二度と太陽を拝《おが》むことはできなくなる。

冬山は特に過酷《かこく》だ。人間はもとよりすべてを跳ねつける。その中に入っていくのだから、生半可な覚悟では行けない。

基継は、山に登って愉《たの》しいと思ったことなど一度もなかった。

頂上から眺《なが》めるご来光は、自分はいま天国にいるんじゃないかって思えるほど感動するよな——登山家の知り合いでそう言った奴がいたが、同意はできなかった。

実際天国に行っちまう奴《やつ》もいるしなと、心中で嗤《わら》ったものだ。

けれど、唯一《ゆいいつ》、子どもの直哉と一緒に出かけた山はちがう。山の高さとか険しさの問題ではなく、直哉の存在が基継を心の底から愉しませた。

それは基継にとって驚きであり、かけがえのない宝物になった。

特別な子どもだった直哉。

いまはそれ以上に基継にとって特別な、この世でたったひとりのひとだ。

電車がホームに着く。

下車したときには、すっかりあたりは暗くなっていた。

ここから先は鈍行に乗り換えれば、二十分ほどで到着するだろう。携帯で直哉に時間を知らせ、基継は電車の旅を続けた。

残りの短い時間、再び十年前のことに思いを馳《は》せる。

あの夜、志津子《しづこ》に拾われる前の基継は、ひどい生活を送っていた。高校を卒業できたのが不思議なくらいで、自宅には必要なものを取りに戻るとき以外は寄りつかなかった。

あの夜は些細《ささい》なことで数人を相手に喧嘩《けんか》をしたあと、空腹のせいで座り込んだ場所がたまたま志津子の店の向かい側だったのだ。

志津子は単にぼろぼろになっているガキを放っておけなかっただけだったが、基継は生意気にも下心があるのだろうと思っていた。

が、家に着いてみれば子どもがいた。

――子どもの前じゃまずいんじゃないの？

もし求められてもとても満足にできるような状態ではなかったのに粋《いき》がってそう言うと、志津子は一瞥《いちべつ》しただけで歯牙《しが》にもかけなかった。

結局、三日間ごろごろと寝て過ごし、その間に基継は志津子のひとり息子《むすこ》である直哉と何度か言葉を交わした。直哉は寂しい子どもだったから、おそらく基継の中の孤独を瞬時に察知したのだ。言葉数はけっして多くなかったが、自分を見てくる直哉の瞳《ひとみ》は純粋で、一点の曇《くも》りもなかった。

ただひたすら見つめ、懸命に基継の孤独を癒《いや》そうとまでしてくれた。

求めず奪わず、慕うだけで。

基継は直哉に愛情のなんたるかを教えられた。綺麗な直哉の瞳がまっすぐ自分へ向けられる幸福は、これまでの基継の人生を変えるほど大切なものになった。

あの二年は、直哉を守ることが自分の存在理由になっていた。少なくとも基継自身はそう信じている。

電車が速度を落とし始め、シートから腰を上げる。

ホームに入ってすぐ、窓から見えた直哉の顔に基継は自然にほほ笑んでいた。

「基継」

直哉が駆け寄り、おかえりと言ってくれる。ただいまと答えながら、なんとも言えない気持ちが胸に満ちるのを感じた。

まさか家族を得られようとは、直哉に再会するまでは想像していなかった。自分はずっとひとりで生きていくのだと、漠然《ばくぜん》とだがそう思っていた。

直哉の頭に手をやり、髪を撫《な》で、行こうと促す。

「その袋、なに」

「ああ、パンを買ってきた」

「へえ。じゃ、明日の朝はパンだね」

他愛のない話をしつつ、ふたりで駅を出る。その足で近くの定食屋に立ち寄り、遅めの夕食をすませた。

ほっとする。

家に戻ってくるという感覚を、基継は穏やかな気持ちとともに味わっていた。


「今年になって一緒に遠出してないよね。花見らしい花見はできなかったし、そのあとも都合がつかなくてなんとなくどこにも行かなかったし」

定食屋からの帰り、夜空を見上げて直哉がぽつりとこぼす。

「今年の花粉はすごかったし、そのあと直、夏風邪《なつかぜ》ひいたから」

基継がそう言うと、さも厭《いや》そうに鼻に皺《しわ》を寄せてかぶりを振る直哉は、今年から花粉症デビューした。一時期はくしゃみと鼻水で大変だった。

先月は何年かぶりだという夏風邪を引いて、やはり鼻水と咳にやられ、天中殺《てんちゅうさつ》かもしれないと愚痴《ぐち》っていたのを思い出す。

「二度あることは三度あるっていうし。もう一回なんかありそうで厭なんだけど」

「平気だって。病は気からっていうだろ？」

「風邪はまだしも、花粉は気合いじゃどうにもならないって。あ～あ、いいよなあ、基継は。風邪が逃げてくくらい頑丈だもんね」

花粉症もなければ腹ひとつ壊さない基継のことを、これまでも何度か直哉は「羨ましい。不公平だ」と言った。

恨《うら》めしげな目を向けられ、肩をすくめる。

「日頃の行いがいいからじゃないのか」

「そういうの、俺、信じてないから。単に俺が現代人ってだけだろ。野生動物並みの基継とは一緒にしないでくれる？」

「野生動物か。反論できないなあ」

わははと笑い飛ばした途端《とたん》、直哉の唇《くちびる》が子どもっぽく尖《とが》る。

おや、と思って顔を覗き込むと、直哉は基継のシャツの裾《すそ》をぎゅっと摑んできて、拗《す》ねた顔のままぶっきらぼうに言い放った。

「野生には帰さないから」

「——直」

「俺がずっと飼う」

こういう表情をすると、子どもの頃の面影《おもかげ》が色濃く表れる。

思わず目を細めた基継は、直哉の頭を片手で引き寄せた。

「ああ。飼ってくれ。俺がふらふらしないように」

「……わかってる」

髪に口づけ、今度は直哉の手を取ると、繋《つな》いだまま夜道を家まで一緒に帰った。汗ばんだ手のひらさえ愛おしく思える、その事実がなんだかくすぐったかった。

帰りつくとすぐ、基継はその足を風呂場《ふろば》に向ける。

「コーヒー飲む？」

風呂の準備をして居間に戻ったとき、直哉はやかんをコンロにかけるところだった。

「そうだな。湯がたまるまで時間あるし」

タンスの上の灰皿を卓袱台《ちゃぶだい》に移動させる。腰を下ろし、煙草に火をつけながらインスタントコーヒーを淹《い》れる後ろ姿を眺めた。

すらりと均整の取れた体軀《たいく》だ。ひとりが長かったわりに、直哉は外から見る印象ほど痩《や》せてはいない。聞けば、二年間に基継がままごとのように教えたことを、ずっと守ってきたからだという。

たとえば、身体《からだ》にいいから納豆は毎日食べろとか。目玉焼きには醬油《しょうゆ》、とか。

洗濯や掃除は朝のうちにすませて、天気のいい日には布団《ふとん》を干すとか。できるだけ身体を動かすとか。

基継がすっかり怠惰《たいだ》になって忘れてしまっていたことを、直哉はこの十年忘れずに実行してきた。

自分の目をカメラ代わりにして、全体から部分へと絞って見る。

さらさらした癖《くせ》のない髪。やわらかな手触りを思い出せば指の間がうずうずしてくる。白いうなじから肩のライン。背中。口づけると直哉はいつも小さく震え、吐息《といき》をこぼす。

腰——まで来たところで、くるりと直哉が振り向いた。

「なんだ？」

ちょっと不機嫌な様子に、煙を吐き出しがてら問いかけると、唇をへの字に曲げた直哉はカップを両手に持って歩み寄り、卓袱台の上に乱暴に置いた。

「やめてくれるかな」

「なにが？」

機嫌が悪いわけではないと気づく。向かいに座り、睫毛《まつげ》を伏《ふ》せて文句を言ってきた頬《ほお》は微《かす》かに赤らんでいる。

「なにが、じゃないって。そうやって、変な目でじっと見るのはやめてくれって言ってるんだよ」

「変な目？」

「変な目！」

強い口調で抗議され、思わず仰《の》け反《ぞ》る。睨《にら》んできた直哉に、基継は両手を上げて降参した。

「ごめん。変な目で見た」

自覚はなかったが、変な目と言われれば変な目で見たかもしれない。昔もいまも、基継が直哉を前にしてなんの感情も持たなかったことなど、一度もないのだから。

可愛《かわい》くて、愛おしい。

傍にいればこの腕に掻き抱き、首筋の匂《にお》いを嗅《か》ぎたくなる。若葉のような直哉の体臭は、基継の胸の奥をいつも揺さ振るのだ。

「直」

手を伸ばし、頬に触れた。

「謝りついでに誘っていい？　一緒に風呂に入ろ」

「…………」

ふいと目をそらした直哉の頬がいっそう赤らむ。直哉はぶっきらぼうに、アルバイトと口にした。

「明日、朝から行かなきゃいけないんだけど」

どうやら風呂に入るだけではすまないと思っているようだ。当然邪《よこしま》な気持ちもあるので、直哉に疑われるのはしようがないが、努力はするつもりでいた。

「ああ、わかってる。だから風呂入るだけ、な」

もっとも努力しなければならないという時点で、直哉の疑心を肯定しているも同然だった。

「……ほんとかよ」

「本当だって」

煙草を灰皿に押しつけた基継は、すぐに立ち上がった。

「ほら」

両手を広げて促すと、直哉も渋々ながら腰を上げる。近頃の直哉が予防線を張るようになったのには、理由があった。

ひどく、感じるようになってしまったらしいのだ。

基継にとっては歓迎することでも、直哉自身はそうはいかないという。抱き合うこと自体に問題はなくとも、身体の変化は直哉を戸惑わせ、不安にさせているようだ。

先に立って風呂場へ向かいつつ、基継は先日の行為を脳裏《のうり》で再現していった。

指を挿入《そうにゅう》させると、厭だと言いながら直哉は半べそをかき始めた。身を捩《よじ》るだけの抵抗は厭がっているようには見えず、可哀相《かわいそう》だと思ったもののやめられなかった。

間もなくすすり泣きに変わった。その頃には基継の指にも、はっきりと直哉の快感が伝わっていた。ここまで来ると、直哉の自分を呼ぶ声に、ねだるようなニュアンスが滲み出すので我慢できるはずがなかった。

ひとつのことしか考えられなくなる。直哉の中に挿《はい》って、きつく抱き合う。なにもかも吹き飛んで、蕩《とろ》けるような愉悦《ゆえつ》を味わい尽くす。

小さな死の連続。

基継にしても直哉とのセックスは、すべてが真っ白になるほど強烈だ。直哉の中で果てることを望まない夜は一日たりともない。

思い出しただけで中心に熱が集まってきて、やばい記憶を慌てて振り払った。

「脱がしてやろうか」

シャツに伸ばした手を、直哉に押し返される。脱がしてやるまでもなく直哉は自分で釦《ボタン》を外し、シャツを洗濯機に放り込む。あらわになった肌を横目で盗み見る傍《かたわ》ら、基継も身につけていたものを脱ぎ、裸になった。

「先に入ってるぞ」

引き戸を開け、浴室へと入る。ざっと身体を洗って、湯船に浸《つ》かった。

「は〜。いい湯だぞ」

「年寄りみたい」

磨《す》りガラスの向こうにいた直哉も中に入ってきた。

直哉は真顔でさっさと身体と髪を洗ってしまうと、代われと要求してくる。

「いいじゃん。一緒に浸かれば」

基継の誘いにも、応える気はないようだ。基継はため息をつき、勢いよく立ち上がった。

直哉と交代して、髪から洗い始める。ごしごしと両手で泡を立てていると、背中を向けた直哉の、小さな声が聞こえてきた。

「ん？」

顔を上げ、泡を腕で拭《ぬぐ》って直哉を窺《うかが》う。

直哉は基継とは目を合わさず、ごめんと小声で謝った。

「なにが？　直が俺に謝らなきゃならないことがあったか？」

湯を頭からかぶり、泡を落としてすっきりする。これで話が聞ける。基継は直哉のほうへ身を乗り出した。

「……だってさ」

直哉の声はますます小さくなり、いまにも消え入りそうだ。次の台詞を待っていると、言いづらそうに直哉は何度も唇を舐《な》めた。

「基継が変だって言ったけど、変なのは俺のほう。なんか、もう……」

直哉の顔は真っ赤だ。首筋どころか胸許《むなもと》まで染まっている。もちろん湯に入っているからではない。

「……直」

睫毛を震わせる直哉に慌てる。風呂に入るだけと言ったあの言葉は嘘ではないが、うまくすればという下心は大いにあっただけに、悪いことをしたような気持ちになる。

「直、おまえが厭なら俺はべつにしなくていい。手を繋いで寝るだけでも、大丈夫だ。だから――」

本音を言えば非常に困るが、無理強《むりじ》いするつもりはないので即座にそう言い添えた。が、直哉がきっと睨んできたので続けるつもりだった言葉を呑み込む。

直哉は眦《まなじり》を吊《つ》り上げ、涙目で噛《か》みついてきた。

「俺を……こんなにしといて、なにもしないって？」

「………………」

あ然として直哉を見つめる。直哉は顔を歪《ゆが》めると、ひくっと喉《のど》を鳴らした。

「厭だとか恥ずかしいって思うのに……俺の身体、どうなってるんだよ。基継、ちょームカつくし。責任取ってもらうから」

非難されて、降参の意思を示すために両手を上げる。

「責任は……取るよ、もちろん」

一方で、もしかしてこれは直哉からの誘いだろうか、と自分に都合のいい展開が頭に浮かぶ。いや、待て。慌てるな。もうしばらく様子を見ようとした基継だったが、

「風呂に入るだけなんて無理……手を繋いで寝るだけなんて、絶対できない……っ」

くしゃりと顔を歪めた直哉を、これ以上放っておくことなんてできなかった。基継は両手を伸ばし、直哉を湯船から引き上げた。

きつく抱き締める。

「ごめん。俺が悪かった。直にこんなこと言わせて」

「ほんと……基継が悪いっ」

「ああ。どんなに詰《なじ》られてもしょうがない」

瞼に頬に口づける。少ししょっぱい味がするのは、涙が滲んでいるせいだろう。

「……基継」

直哉の声が甘く掠《かす》れた。それだけで基継は身体が熱く滾《たぎ》っていくのを自覚する。昂奮《こうふん》するあまりのぼせてしまいそうだった。

「したかった？　直」

唇を触れ合わせる。

「…………」

返事はなかったものの、十分伝わってくる。甘い唇を舐めて濡《ぬ》らし、優しく噛んだ。

「我慢させちゃったな」

顎にキスをし、下へ滑らしていく。鎖骨《さこつ》に歯を立てると直哉がふるりと震え、肩にしがみついてきた。胸を指先で尖らせながら、もう一方の手は腹へと這《は》わせていった。

「ふ……基……」

吐息で肌を撫で、舌でくすぐり、軽く吸う。その傍らすっかり勃《た》ち上がっている性器を指で擦《こす》り、包み込んで上下させる。

「あ……」

胸と性器へのダイレクトな刺激に、直哉の表情はとろりと蕩けた。快感を隠そうともせず、潤んだ瞳と唇で基継をそそのかしにかかる。

熱い身体を押しつけられて、基継は胸の手を背後へと回した。目的を知って、直哉の身体が一瞬硬くなる。

「直……」

肩にキスをし、性器を刺激することで宥《なだ》めて、抱きとめた背中から尻の狭間《はざま》へと手を滑らせていった。

直哉が小さく声をこぼし、身動《みじろ》ぎする。

「いい？」

うなじに囁《ささや》き、答えを待たずに入り口を指で探った。

「あ……や、基継……っ」

直哉のその場所は、指に吸いつき基継を歓迎してくれる。

はやる気持ちを抑え、石けんで指の滑りをよくすると、そのまま直哉の中にもぐり込ませていった。

「う……ぅ……んっ」

「直」

「基継……基つ……ぐっ」

中を広げながら内壁を擦り、ゆっくり奥を目指す。一番反応のいいところはあえて避け、直哉が欲しくなるまで念入りに、時間をかけて馴《な》らしていった。

「基継……立って、られない」

「大丈夫……ちゃんと俺が抱いててやるから」

「でも、あ……あぅ……ん」

指を使って内側をまさぐり、時折抽挿させる。直哉の声はすすり泣きに変わった。

「や……こんなの、ちが……」

半べそで否定するが、直哉にもわかっているはずだ。直哉の内側が、先をねだって焦《じ》れていることを。

「ごめん、直」

耳許で謝る。吐息が触れるのにも感じるのか、直哉の肩が跳ねた。

「我慢できない。挿っていいか」

「うぅ……」

言葉に反応して、直哉の中がきゅうっと締まった。基継は挿ったときの心地よさを思い出して、我慢がきかなくなる。

さっきから痛いほどに勃起《ぼっき》している自身のものを、直哉へと擦りつけた。

「わかるだろ？　挿りたくて、堪《たま》らない」

「基……」

「いい？」

基継の首に回った腕が強くなる。直哉は浅い呼吸を何度もつくと、小さな声で許してくれた。

「いい」

「直」

「でも……俺が変にな……っても、呆れないでよ」

指を抜き、両腕できつく抱き締める。これほど愛しい存在に出会えるなんて、いまでも奇跡としか思えない。

「ばかだな。呆れるわけないだろ？　それを言うなら俺だって同じだ。毎日、直の中に挿ることばっか考えてるのに」

「基継……」

直哉は安心したのか、基継の肩口に鼻をすり寄せてきた。基継は浴槽《よくそう》の縁に腰かけ、直哉の髪に口づけた。

「愛してるよ」

すべてを吹き飛ばす魔法の言葉を口にして、直哉の中へ挿っていく。直哉は喘《あえ》ぎながら、基継にキスと言葉をねだってきた。

「も……と言って」

「愛してる。俺には直哉だけだ」

「基、継……」

「俺の直」

「あぁ……」

性急にならないように精一杯の努力をするが、それでも早く繋がってしまいたくて気が急《せ》く。抱き締め、腰を引き寄せ、愛の言葉を囁きながら基継は目的を果たしていった。

隙間なく密着したときには、思わず吐息がこぼれ落ちた。

「直……直哉」

頬を伝う涙を、舌で拭う。顔じゅうに口づけ、愛おしくて堪らない身体を心を込めて包み込む。

身体以上に、心が気持ちよくて蕩け出す。

「なんか……こうしてるだけで出そうだ」

実際、直哉の中で脈打つ自身は、些細な刺激で弾《はじ》けそうなほど疼《うず》いている。しっとりと吸いつき、搦め捕ろうとする内壁が、基継を頂点へと押し上げるのだ。

「基継……なんか、大き……」

「ごめん。ほんと俺、今日やばいな」

「も……俺、あ、あ、やだよ……っ」

直哉が擦りつけるように身体を揺すったので、下半身が甘く痺《しび》れた。

「——直」

これ以上じっとしていられないと、直哉は腰を前後に動かし始めた。

「気持ちい……」

快感を告げる半開きの唇に、基継は嚙みつくようにキスをする。我慢できないのは自分も同じだ。直哉の腰を両手で固定すると、細心の注意を払いつつ下から突き上げた。

「あ……あぁ……んっ」

「直、すごくいい」

指先で乳首をまさぐりながら、腰を捩《ね》じ入れる。直哉の内部は基継のすべてを搾《しぼ》り取ろうとするように蠢《うごめ》き、締めつけてくる。

あまりの心地よさに頭の芯《しん》がぼんやりとする。

「基継、や……あぁ、ど……しよ。ここから……とけるっ」

「俺も……とけそうだ。直」

細い身体を搔き抱き、揺さ振ることに夢中になる。直哉も貪《むさぼ》るように身を捩る。

「あ、あ、い……くっ」

「直哉っ」

性器を手で包み込むと、直哉の先端《せんたん》からとろりとあふれ出た。途端にぎゅうっときつく締めつけられ、基継は覚えず呻《うめ》き、これまで以上に奥まで突き入れた。

直哉の声が掠れ、悲鳴に近くなる。堪《こら》えてやることができずに構わず大きく突き入れ、深い場所で自身を解放した。

最後の一滴《いってき》まで注ぎ込みながら、震える身体を抱く。愛おしくて可愛くて、何度も名前を呼んだ。俺のものだと口にすることを許してくれる、この世でたったひとりの存在に胸の中で感謝しながら。

基継は、愛してるという言葉を心から噛み締めていた。

ひとつの布団の中で直哉を抱き寄せ、髪を撫でる。直哉は黙ったままだが、機嫌が悪いわけではない。身体を預けてくるときは、寂しいとき、甘えたいとき。いまは後者だ。

「ごめんな。俺が歯止めきかなくなるから」

かぶりが振られる。やっと、直哉の唇が薄く開く。

「俺……どうしよう」

ちらりと不安を滲ませる瞳を覗き込み、なにがと問えば直哉は真剣な表情で詰め寄ってくる。

「絶対おかしい、俺……こんな気持ちよくなるのは、変だよ」

「直、それは」

「俺、どうなる？」

怖いと洩《も》らした直哉に基継はほほ笑んだが、笑い事じゃないと涙目で睨まれてしまった。

また「ごめん」と謝り、直哉の背中をあやすように擦《さす》る。

「でもな、直。直が気持ちよくなるっていうのは、俺にとったら嬉《うれ》しいことだけどな。それだけ俺を求めてくれてるってことだろ？」

直哉が目を伏せる。でも……と、躊躇《ためら》いがちに打ち明けてきた。

「基継のこと好きって気持ちが、なんだかこのままじゃ……そっちのほうばっかりに行きそうで怖いよ。境目がわからなくなったら――」

この台詞で、直哉がこだわっている理由がようやく理解できた。直哉らしい、真面目《まじめ》な悩みだ。

「境目なんか初めからないよ」

基継がそう言うと、一言も聞き洩らすまいとするかのようにじっと見てくる。こういうところは子どもの頃から変わらない。

「少なくとも俺はずっとそうだった。直のことが好きで、直の全部が欲しかったから」

「――――」

考える素振《そぶ》りで黙り込んだ直哉に、基継は本音を吐露《とろ》していく。

「全部っていうのは心も身体もだ。どっちも直哉だから。いまは、もっと欲張りになったな。直が俺にくれるから、もっともっともっとって毎日思うよ」

「基継は」

直哉の声音から不安が消えた。

「俺を前より好きになったってこと？」

「ああ」

素直で可愛い、俺の直。自分ひとりに心と身体を開く直哉を抱く昂揚感と多幸感は、言葉では尽くし難《がた》い。

「なら、いいや」

直哉は身体を横に向けると、基継の胸に顔を埋《うず》めた。

「基継が俺のことをもっと好きになればいい」

「直――」

これ以上ない殺し文句に、基継は思わず天を仰《あお》いだ。直哉は無邪気《むじゃき》に、いとも簡単に基継の中にまたひとつ愛を植える。
時折、小悪魔に変身する天使。
心中で白旗《しろはた》を揚《あ》げながら、やっぱり敵《かな》わないと苦笑した。

あとがき

こんにちは。初めまして。高岡です。

新装版『いつかじゃない明日のために』をお手にとってくださり、ありがとうございます。

本文の見直しをしながら、当時を思い出して懐かしくなりました。

新装版を出していただくにあたって、当時の文章と直面するという苦行に耐えなければならないのですが、懐かしい記憶がよみがえってくるという利点もあります。

このお話を思いついたきっかけは、某デ○ズニーアニメの『アラジン』でした。

アラジンとジャスミンが空飛ぶ絨毯で旅をするシーンを観たとき、

「こんな経験したら、それだけでもう一生生きていけそうだな」

と思ったことからです。

あと、私って奴は駄目な攻好きだなあと、つくづく実感しました。今回の攻など、住むところもなくて友人のところに転がり込んでいたくらいですから。まさに根無し草です。

そういえば当時担当さんが「金も家もないけど、ロマンがあるのよ」と言ってくださったのも、よき思い出です。

イラストは、円陣闇丸先生です！　円陣先生に描いていただけると聞いたときの私の舞い上がりっぷりは、たぶんご想像のとおりだと思います。

なにしろ初ノベルスを出してもらってからまだ二年しかたってない頃でしたから、緊張もしましたよ。

さておき、円陣先生、素敵なイラストを本当にありがとうございました！　いま拝見しても、当時と同じような感動を覚えます。そういえば、ドラマCDを出していただく機会に恵まれ、描き下ろしジャケットを拝見できて、すごく得した気持ちになったこともよく憶えています。

担当さんも、ありがとうございます。いつも萌え話につき合ってくださり……今後もどうぞよろしくお願いします。

そしてもちろん、この本をおうちに連れ帰ってくださった皆様には、心からの感謝を捧げます。

ラキア版を読んでくださった方もルチル版が初めての方も、ちょっとでも愉しんでいただけるといいなあと心から祈ってます。

あ、そうだ。あとがきのあとにSSがあります。

かわいそうな男、瀬戸のSS。どうぞ読んでやってくださいませね。

では、またどこかでお会いできますように。

夏でも日焼けとは無縁（引きこもりだから）高岡ミズミ

「どうしたんだよ、ぼうっとして」

肩を叩《たた》かれ、はっとして顔を上げる。いつの間にか講義は終わっていて、周囲の学生は誰もいなくなっていた。

「あ、なんでもない。夕飯をなににしようか考えてたんだ」

笑い混じりでそう答えると、友人が肩をすくめる。

「その台詞《せりふ》、女どもに聞かせてやりたいよ。『最近の瀬戸《せと》くん、よくため息ついてる』って注目の的だから」

「本当に？」

注目されていたことはもとより、自分がよくため息をついていたことにも気づいていなかった。それだけ意識が散漫になっていたのだろう。

椅子《いす》から立ち上がった瀬戸は、友人とともに教室をあとにする。

「で？　なにかあったのか？　まさか失恋とか？」

冗談めかして水を向けられ、隣を歩く友人へ横目を流した。

「なんで『まさか』？」

些細《ささい》な言い回しに引っかかるなんてどうかしていると承知で問い返す。それもしようがない。いまの自分は、失恋という単語には敏感なのだ。

「そりゃ、瀬戸くんはおモテになりますから。つか、合コン、出てくれねえ？　おまえいると、女の食いつきがちがうんだわ」

そういえば、以前に誘われていたことを思い出す。が、すでに断ったし、いまも受けるつもりはなかった。

合コンに参加する気分じゃない、というのが本音だ。友人は「まさか」と言ったが、まさにその「まさか」だった。

自分にとって恋愛は、人生を愉《たの》しくするためのスパイスであり、厭《いや》な思いをしてまでのめり込むものではなかった。これまでも綺麗な恋愛をしてきたつもりだったので、初めての失恋もすぐに忘れられると高を括《くく》っていた。

それなら、今回といままでの恋愛とはなにがちがうのか。なぜこれほど気になっているのか。じつはその理由もわかっていた。

理解の範疇《はんちゅう》を超えているからだ。

あの男の言動は信じがたいものだった。首を絞《し》められた事実もさることながら、彼の激情がただ恐ろしかった。

いま思い出しても背筋がひやりとする。

あの男は本気だった。本気で羽田《はねだ》を守るためだけに他人を手にかけるつもりでいた。

一方で、あそこまでひとを想《おも》えるものだろうかと疑念が湧く。あれが恋愛だというなら、自分はまだ恋愛をした経験がないと言える。

となれば、じつは失恋も失恋ではなかったのではと疑い始めているのだが——ひとつだけ確かなことがある。

初めから負けは確定していた。いや、勝負にすらなっていなかった。あの男ほど強烈な気持ちは自分にはなかった。

そのせいかどうか、あの男に対しては不思議と怒りはない。むしろ同情めいた気持ちを抱いている。

我を忘れるほどの想いはきっと苦しいものだろう、と。

「悪いな。合コンはやっぱり参加できない」

辞退した瀬戸に、なおも友人は食い下がってくる。どうしたものかと足を止めたとき、背中にどんと衝撃があった。

「……ごめん」

やっと聞き取れるほど小さな声で謝罪してきた男は、俯《うつむ》いたまま顔も上げずに通り過ぎていく。普段なら気にもしないが、彼の右手首の包帯が目に止まり、去っていく背中に意識を向けた。

「ああ、あいつ、有名人だよな」

友人がぼそりと口にする。その声音《こわね》にはあからさまな好奇が滲《にじ》んでいて、瀬戸は友人へ視線を戻した。

「有名人って？」

ちらりと見た顔に憶《おぼ》えはなかったものの、友人の言い方は引っかかる。あまり好意的には聞こえない。

「おまえ、知らないんだ？　三ヶ月くらい前だったかな。構内で堂々と男相手に修羅場を演じたんだよ。相手は中年だったけど、ホモの痴話《ちわ》げんかっていうんで学内じゅうにいろんな噂話《うわさばなし》が広がってさ。よく通ってくると思うぜ。俺だったら、二度と大学には顔出せないな」

どうやら友人は噂に詳しいようだ。呆《あき》れた様子でかぶりを振るその様子に、たったいまぶつかってきた男を脳裏に思い描く。

線の細い男だった。手首の包帯が痛々しかったせいで思わず気に止めたものの、顔はよく見えなかった。

小柄で、どこにでもいる学生という雰囲気だったが――きっと強い意志を持った人間なのだろう。そうでなければ、友人の言うとおり大学に通い続けるなんてできないはずだ。

「あの手首、見た？　自殺未遂じゃないかって話なんだけど。恋愛沙汰で自殺未遂とか、引くよな。まあ、周囲にホモバレしたら死にたくなる気持ちもわかるけどさあ」

友人が訳知り顔で嘯《うそぶ》く。

瀬戸は、目の前にいる友人の話より、たったいま擦《す》れ違っただけの彼本人への興味が募っていった。

彼がゲイだと聞いたからではない。修羅場になるほどの恋愛を経験し、かつ好奇の目にも負けない強い気持ちを持っているだろう男だからだ。

彼の去ったほうを見つめ、瀬戸は口を開いた。

「俺が失恋した相手も、男なんだ」

誰にも打ち明けるつもりはなかった。現にいままでその手の話題になってもうまく躱《かわ》してきたし、今後もやれる自信があった。

どうしていま、何度か飲みに行ったことがある程度の友人に打ち明けてしまったのか、自分でも自分の心理がよくわからない。

「それって冗談か？　それとも正義感？」

それでも、正義感と言われてしまうところが、周囲の自分に対する印象を表しているような気がした。その証拠に友人の顔が怪訝《けげん》そうに歪《ゆが》む。

格好つけんなと、腹の中で毒づいているにちがいない。

瀬戸は、笑顔でかぶりを振った。

「いや、事実。たぶん俺もゲイだし」

友人の眉間《みけん》の皺《しわ》が瞬時に消えた。たったいま噂の彼に見せたのと同じ好奇心が、自分に向けられている双眸《そうぼう》にも滲む。

「おまえ、マジで言ってる？」

肯定する代わりに両手を広げると、友人はいまにもそこから去ってみなのもとへ行きたそうにそわそわとし始めた。

「俺の口が堅いって思ってる？」

この問いには、思ってないと答える。実際、お喋《しゃべ》りなのか口が堅いのか、そこまでこの友人について知らなかった。大学内では親しいほうだが、その程度だ。なんて安易な関係なのかと笑えてくる。

「みなに話したければどうぞ」

瀬戸がそう言うのを待っていたかのごとく、そそくさと友人はその場を離れていった。彼が自分に話しかけてくることは二度とないだろう。

面白い奴だったので多少残念な気はするが、理解してほしいと思うほどではなかった。ようするに瀬戸自身、そこまで彼を重要視していなかったということだ。

瀬戸は、友人だった男を頭から追い出すと、前方へと足を踏み出した。

彼の姿を捜す。

目印は手首の包帯だけだ。

必ず見つけだしたい。見つけたら、彼に聞きたいことがある。

手首の包帯はどうしたのか。誰に傷つけられたのか。それより乗り込んできた相手とはどれほどの関係だったのか。その後どうなったのか。

周囲の好奇の目は気にならないのか。

いや、なにより聞きたいのは、たったひとつだ。

——他のなにも見えなくなるほど、ひとりの人間を愛するってどういう感じ？

なぜ見知らぬ彼の答えが欲しいのか、自分でも判然としない。ゲイだからなのか、それとも修羅場を演じたからなのか。

自分の思考回路はまったく理解できないが、やはりどうしても彼に聞いてみたかった。

周囲を見渡すと、数十メートル先に目的の相手を見つける。駆け出した瀬戸は、不躾《ぶしつけ》と承知で彼を捕まえた。

「なんだよ」

立ち塞《ふさ》がると、当然のことながら不信感をあらわにされるが、ここまで来たのだからごまかすつもりはなかった。

ごめんと最初に謝罪し、ひとつだけ質問する。

「誰かのために傷つくのは怖くない？」

だが、口を突いて出た言葉は予定していたものではなかった。

瀬戸の問いかけに、彼が顔をしかめる。新手の嫌がらせかなにかと思ったようだ。

それでも撤回せずに返答を待っていると、舌打ちが返ってきた。

「怖いに決まってるだろ。けど、どうしようもないときってあるだろ」

一言だけ吐き捨てるように口にし、ふいと顔を背《そむ》けて足早に行ってしまう。その後ろ姿を見送りつつ、

「どうしようもない、か」

自分でも口にしてみた瀬戸は、間抜けにもいま頃自覚した。他に誰かいると薄々感じていながら、羽田への気持ちが止められなかった。だから、失恋してひどく傷ついている。振られたあとも、物分かりのいいふりで羽田に笑顔で接したのは、あの男ほど真剣ではなかったと自分自身が思い込みたかったからだ。

本来、ひとを好きになるのに重いも軽いもないはずなのに。

「……やばい」

自覚した途端、胸が痛み出す。しばらくこの失恋の痛手を引き摺《ず》りそうだ。

うちに帰ったら今夜はひとり自棄酒《やけざけ》でも飲もう。そして、思い切り泣くのだ。そう決めた途端、早くも涙がじわりと滲んできて、こぼれないように空を仰《あお》いだ。

見上げた夕焼けはやけに綺麗なオレンジ色で、傷心の目にひどく染みた。

✦初出　いつかじゃない明日のために……………小説ラキア2002年冬号掲載作を加筆修正
明日のために手を繋ごう…………………ラキアノベルズ「いつかじゃない明日のために」(2004年2月) 掲載作を加筆修正
手を繋いでともに歩こう…………………同人誌発表作を加筆修正
恋の痛手……………………………………書き下ろし

高岡ミズミ先生、円陣闇丸先生へのお便り、本作品に関するご意見、ご感想などは
〒151-0051 東京都渋谷区千駄ヶ谷 4-9-7
幻冬舎コミックス　ルチル文庫「いつかじゃない明日のために」係まで。

幻冬舎ルチル文庫

いつかじゃない明日のために

2014年7月20日　　第1刷発行

✦著者	高岡ミズミ　たかおか みずみ
✦発行人	伊藤嘉彦
✦発行元	株式会社 幻冬舎コミックス 〒151-0051 東京都渋谷区千駄ヶ谷 4-9-7 電話 03(5411)6431 [編集]
✦発売元	株式会社 幻冬舎 〒151-0051 東京都渋谷区千駄ヶ谷 4-9-7 電話 03(5411)6222 [営業] 振替 00120-8-767643
✦印刷・製本所	中央精版印刷株式会社

✦検印廃止

ISBN978-4-344-83182-7　C0193　Printed in Japan